MARK MILLER

AUTHOR/AUTOR

MICHAEL VALLADO

ILLUSTRATOR/ILUSTRADOR

Published by Bookmarked Editorial Services
www.bookmarkedpages.com
Los Angeles, CA

Galifkadori
Written and translated by Mark Miller

Illustrations and cover art by Michael Vallado
www.michaellearnsart.com

Printed in the United States of America.

ISBN:
978-1-964399-02-7 (paperback)
978-1-964399-03-4 (hardback)
978-1-964399-04-1 (Kindle)

Para Violeta y Róger

CONTENTS
(ENGLISH)

CONTENIDO
(ESPAÑOL)

ACKNOWLEDGMENTS

Wow—what a joy it is to write stories! This particular story, first scribbled down in digital ink back in 2013, has been a joyful endeavor long in the making.

I want to thank the members of my first audience, without whose spark of friendship this story would not exist today: Bob, Ileana, Leah, and Noah McCorkle. Thank you for kindling the contagious *alegría* that has marked my writing ever since the early days of spontaneously spinning yarns at your *casa*.

Next up, massive respect for Michael Vallado in light of your stellar artwork that truly "translates" and imparts the fun, adventuresome spirit of the story.

Thanks to Bob (again) for doing the layout and partnering with me in the process of self-publishing for the second time now.

My gratitude goes to "Joseph and Louise" for your invaluable input in the behind-the-scenes revisions rediscovering the story; to Valentin for your detailed feedback on the early draft in Spanish; and to my fellow "Masters Guild" creatives for your unflagging buoyancy.

Also, thank *you*, Good Reader, for picking up this book. It's a pleasure to share some of that *joie de vivre* as we page through this tale together.

And—more than anything else—I'm overflowing with gratitude to Jesus, who is the Most Joyful Author and the Best Storyteller Ever. It's my hope that you get a taste of His joy as you embark on this adventure.

Mark "Marquitos" Miller

Los Ángeles, CA
March 2024

BEFORE YOU BEGIN...
HOW TO PRONOUNCE THESE NAMES

Here is a brief pronunciation guide for some of the more commonly occurring names in this book. Enjoy the adventure!

Galifkadori:	*ga-LIFF-ka-DOOR-ee*
Alevi:	*ah-LEV-ee*
Bopogawana:	*bo-PO-ga-WAH-na*
Diirgold:	*DEER-gold*
Jerusha:	*juh-ROO-sha*
Ubuntu:	*oo-BOON-too*
Hildegard:	*HILL-duh-gard*

CHAPTER ONE

Once, in a land far away but not really *that* far from here, there was a Princess and a Prince. They were both heirs to the throne of Galifkadori, the Land of Grapes, and of Grapefruits (but you'll hear more about that later).

Princess Alevi and Prince Bopogawana, or "Bo" for short, lived in a castle designed by their great-great-grandpappy, Sir Samuel the Scholar. When walking along the castle walls outside, you could see Alevi's eyes shining with the same hue as the large granite stones that made up her sturdy home. All of the windows and doorways, in their brilliant display of light mahogany, nearly matched Bo's eyes and skin tone to a T. At the top of the Royal Castle, a splendid arrangement of rose onyx stones could be seen, during either sun or snow, for at least a mile away.

Now in her fourteenth year of life as a princess, Alevi could normally be spotted with a novel in hand, her dark hair often falling onto the pages, or perhaps helping her Papa—the King of Galifkadori—prepare some boysenberry scones in the evening. Just a year younger (and a few inches shorter) than his sister, Prince Bo was known to have the same broad smile and resolute spirit as his Mum—the Queen.

Although they had visited a few neighboring regions in their younger years, the Royal Siblings enjoyed their homeland and had only read about much of the outside world. It was almost as if their comfortable (and royal) lives were simply *asking* for a little interruption.

The sun came rising over the hillside with a shimmering red glow, signaling that the day had come for the King to make a journey. The political advisors to the monarch had planned a two-week trip for him to visit his amiable allies in Scandinavia, and the King was in good spirits. As he was about to enter the Royal Carriage, Alevi and Bo kissed their Papa goodbye and said in unison, "We hope you come back soon!"

"Don't fret, my little tots," said the King. "I'll be back before you know it."

So, with their Papa away and their Mum out in the gardens, the Royal Siblings were free to do as they pleased on this wondrously sunny Tuesday morning. First, they headed out into the field on the eastern end of the castle with the goal of "capturing a pet," which seemed to be Bo's latest mission in life. A bit on the stockier side, Bo had quick, strong legs and was often the one who got closest to catching the tail of one of the wild grouse roaming their expansive property. The more slender yet nimble Alevi tried her luck in the hunt as well, but ended up settling for a small frog that she found sitting by the pond located in the back acres of their estate.

"C'mon, Alevi. I thought we said toads don't count," said her brother as he wiped some sweat from his brow.

"*You* might have said that, but *I* never agreed to it." She scooped the creature up and gave it a light pat on the head. "And besides, he's a frog, and he'll have plenty of friends to play with back in my room."

"Those are just stuffed animals, Sis. And frogs are boring. I want to lay my hands on a live bird, or a mongoose!"

The Princess shrugged her shoulders. "OK, Mr. Dramatic. You keep running after those wild beasts, and I'll enjoy a nice spot of tea with my favorite little froggy. Isn't he so—"

Just then, the frog leaped from her half-opened hand and made a mini-splash in the pond's cloudy waters.

"Ya see?" said Bo. "Your pet's gone already. So much for a spot of tea."

"Oh, he'll be back. Don't you worry."

"Well, the only thing I'm worried about now is when I can get some food, because I'm starving after all this hunting."

"Oh, please. It's barely eleven o'clock and you say you're starving?"

"Hey, if you don't believe me, then I'm just gonna get some food myself. There should be some apricots in the north garden by now, eh?"

"Yeah, but Mum said we aren't allowed in her gardens until 'the right time,'" Alevi said, making quotes with her fingers.

"Fine. I have a better idea. I'll just go into Neighbor Stu's yard and pick some grapes."

"*No! Not Neighbor Stu!*

That's the worst thing to do!

How could it occur to you?

You'll never live it through," said the Princess in her natural way of spontaneously bursting into rhyme, or song, or occasionally rap.

12

"Your rhyme

Won't change my mind.

I'll be fine.

It's eating time!" replied the Prince, persistent as ever.

"Well, I'm sure not gonna let you go alone," his sister said very sisterly. "We've got to stick together."

"Suit yourself, Sis."

And they were off—not very fast, though, for they had to make sure the Queen didn't detect their subversive activities. Sneaking as best they could, Bo and Alevi crept around the back of the castle, following the shadows along the walls. They could hear their Mum humming in the tulip and rosemary garden a few feet away.

"We have to be extra careful," Alevi whispered.

Bo replied so softly that his Sis couldn't hear even the smallest bit of it.

"What?" she whispered a little louder.

"I *said*," Bo whispered, "you're right."

"Oh, OK," she whispered a little more softly.

The hums coming from their Mum merged beautifully with the chirps showered from above by the blue jays and chestnut-colored swallows. In a different time of year, the Royal Siblings might worry about stepping on too many extra-crunchy leaves underfoot, but luckily it was late springtime and any leaves they stepped on were too *verde* and full of *vida* for them to make any obnoxious noise that might give their position away. In a few minutes, they had passed their Mum's gardens and finally could run again—stealthily, of course—toward the formally forbidden property of their neighbor, Stu.

Neighbor Stu was a peculiar fellow. He lived in a little house that sat a few hundred meters to the west of the Royal Castle, but any glimpse of it was completely blocked by thick, fat pines seemingly planted to form a live barrier between properties. The only view either of the Royal Siblings ever got of their neighbor's house was from the rosy-onyx apex of the castle—and that was while standing on their tippy-toes, too.

Anyways, Stu only seemed to emerge from his home on rare occasions. The few times they were able to spot him roaming about, Princess Alevi and Prince Bo couldn't help but stare at his disheveled hair and semi-shaven face. From what they saw of him, Neighbor Stu always seemed haggard and a bit cranky, but apart from that, it was unclear whether he was in his early forties or his late fifties.

An unfortunate "incident" a few years prior had made his property officially off-limits, as far as Alevi and Bo were concerned. Apparently, when the Prince "lost" his sister's favorite stuffed bear (that is, he chucked it over the trees into their neighbor's yard), more problems ensued than Bo could have possibly foreseen. Following its flight over to Neighbor Stu's property, the bear somehow got embedded deep into his

garden's labyrinth of vines and weeds, which had to undergo a fierce "inspection" by the Royal Gardeners (that is, they had to dig up the entire plot of earth before they found the Princess's cherished toy).

Thus, the King and Queen agreed to a friendly arrangement with their infuriated neighbor, who was generously compensated for his loss, and promised that the Royal Siblings would not infringe on his privacy ever again.

So, when the daring Bo and the reluctantly daring Alevi neared their neighbor's living pine fence, they were filled with both awe and curiosity. But most important of all, Bo's stomach still hadn't been filled with anything, so he was the first to get down on his hands and knees and crawl under the low-lying branches to get to the other side of the prickly, pine perimeter. Alevi followed, and when both of them were back on their feet, they found themselves looking at a small hut. It was about twelve feet wide and eighteen feet long.

"How could anybody live in *there*?" Alevi said, in a shout-like whisper.

"I don't know, but I want to take a look inside," Bo whispered back.

"Uh, I'm not sure about that, Bopogawana."

"Come on, Sis. It's no big deal."

"But Mum and Papa say not to come over here because——"

"Yeah, yeah. I've heard them as much as you, Alevi. I think they're just a little too timid to take a little risk. Come on, let's look inside."

Temporarily forgetting his craving for grapes, Prince Bopogawana inched his way to the side of the hut. There weren't any windows to the small, wooden shack, so he figured he only had one option: open the front door.

"Just wait a minute, Bo. It's probably not a good idea to do that. What if Neighbor Stu is in there sleeping or something?"

"Sleeping, shmeeping. I'm opening this door."

Bo put his hand on the doorknob and felt that it was unlocked. "Here we go," he whispered. With a *crick* and a *creak*, the door opened, and... the world went black.

CHAPTER TWO

The next thing Bo knew, he was lying down in the back of an enclosed carriage that was emanating the pungent smell of freshly caught tuna. His body was underneath some type of heavy fabric that gave way enough to let some fresh air through his

seafood-smell-infested cocoon. His hands were tied, but his feet were free. From what he could make out, his only companions were the stinky aquatic animals that were on their way to someone's dinner plate, sooner or later.

Alevi was nowhere to be found. Bo bumped up and down as the carriage kept speeding up suddenly and then slowing down—speeding up, then slowing down. He was tired, confused, and, worst of all, hungry for grapes.

Bright light. Crackling fire. Sounds from a fiddle. Alevi opened her eyes and took in the scene: Instead of standing on the somewhat familiar lawn of her neighbor, the Princess was now reclining on the nub of a tree trunk in the part of the evening when the air becomes cool and the fire becomes pleasant. There was a band of foreigners around her, and they seemed to be having a pretty merry time. She watched them laughing, dancing, fiddling and tambourining, drinking juices from wild berries, eating chicken or grouse legs, and playing guessing games that had no clear objective other than to have a hearty chuckle.

The moment Alevi moved and groaned a little (since she had been unconscious for a good seven hours or so), the entire company of twenty-one persons looked her way, looked at each other, smiled, and then cheered, "Huzzah!" They broke into song and dance, and berry juice drinking and grouse leg eating again for a few minutes before Alevi finally mustered up the strength to say, "What am I doing here?"

A brown-haired fellow in his early twenties turned to her and said in the most nonchalant tone imaginable, "Why, you're at a party, of course." And at that, he raised his glass of especially red juice, hollered something Alevi couldn't understand, and then downed the cup in one gulp.

Princess Alevi thought the rest would continue their carefree celebration forever, but soon enough a gray-haired man walked over to her and the others got quieter, although they still were chuckling every now and then.

"Greetings of peace," the man said, taking her hand between both of his. "We are glad to see that you are well." The man smiled and still had her hand in his.

"Um, yes, I'm glad, too," said the Princess. "Who, uh, exactly *are* you?"

"I am—or should I say—we are the Clan of the Knoll."

The Clan of the Knoll, the ones who like to stroll, Alevi thought, calling to her memory the chapter she had once read in the "Royal Guide to Foreign Phenomena" that talked about the nomadic Clan of the Knoll of Knightlington.

"I, uh… Well, I mean… You are all so…"

Needless to explain how Alevi was lost for words at the moment, the gray-haired man replied, "Don't worry your tiny little head, my dear. We've got you taken care of."

The other twenty gave a great "Huzzah!" and toasted each other and took a few more bites of food before becoming (relatively) silent again.

"I don't mean to be rude, sir, but I thought the Clan of the Knoll were knights," said Alevi.

"The only 'knight' you'll find here is the 'night' sky above your head," the man said kindly, followed by a few giggles from the others.

"We're just travelers, dear," said a longhaired woman, probably a mother, who ventured over to Alevi and swung her arm around her. "We come from the Knoll of Knightlington as you've correctly guessed."

A young fellow with rosy cheeks then came and offered her a glassful of the extremely red juice, and Alevi, as the courteous princess that she was raised to be (and the jolly comrade that she had just become), took the glass with a "thank you," which soon turned into a genuine "Huzzah!"

The entire band couldn't get enough of their new friend's enthusiasm and consequently joined the huzzah-train that they had actually started in the first place, growing louder and more exuberant with each passing second. Princess Alevi helped herself to more of the drink and started dancing along with the motherly Jerusha and the rosy-cheeked fellow, who introduced himself as "Herald, at your service."

Steam rising. Desert sands gasping for air as cool torrents of water fall upon the dried, scorched surface. Refreshing.

That's what Prince Bo felt like as he poured cold water down his throat after what seemed like a week without drinking anything. (It was actually seven hours, not days.) With his hands forced together, he put the empty cup on the ground beneath him and looked at his surroundings, only to see nothing familiar to him. Besides the smell of not-so-freshly caught tuna, Bo's nose could detect the scent of hyacinth, a typical treasure in his Mum's gardens.

Without spotting exactly where that pleasant smell was coming from—and he knew exactly where the *not-so-pleasant* smell was coming from—Bo saw that he was on the side of a dirt road high up on a mountain ridge. Could this be Grapecrest Mountain that he'd seen way in the distance? Or maybe Myrtle Ridge, famous for its mega-hilly ski slopes? In just a few moments' time, he found out.

"Hmm, Myrtle Ridge, eh? I never seen these-here parts before… Ah, it'll all work out… Nah, the boss will want him in one piece…"

Thus was the conversation that Bo overheard his captor having with himself as he paced the side of the road for a few minutes.

Why would these hooligans bring me to Myrtle Ridge? Bo thought. *And what happened to Sis? And Neighbor Stu?* Bo didn't have much more time to ask himself these open-ended questions because the "hooligan" ended his monologue and swaggered his way over to the prince.

"Alright, kid. Get up," the captor said with a straight face.

Unable to contain himself any longer, Bo burst out with a barrage of questions: "Who *are* you hooligans? What are we doing here? What is your name? Who were

you talking to? Do you have any grapes?"

Somewhat taken aback by the boy's attitude, the hooligan-captor squared him up and said, "I'm just following orders, kid. Now get up and follow me."

Although Bo didn't feel the slightest urge to follow him, when the gruff man pulled out a wooden club, Bo felt that he didn't have much of a choice anymore. "Fine. Where are we going?"

The hooligan started walking into the woods. Over his shoulder he remarked, "That's for you to find out, bub."

When Princess Alevi woke up, she felt sunlight easing its way over the tips of the trees onto her content and rested face. She noticed the faint flavor of spearmint in her mouth, which was odd, seeing that she hadn't brought her toothbrush with her on this unforeseen and certainly unwanted trip away from home. She smelled the aroma of bacon lofting into the air, and when she turned around (for she had slept facing a stream), she saw the band of travelers cooking breakfast—quite quietly, in fact. Princess Alevi strolled over to her twenty-one new friends and asked them why they were all so quiet.

"Don't you know, my dear?" said Diirgold, the old man with gray hair. "We from the Knoll like to have variety, each and every day. So much so, that we like to speak softly in the morning"—to her it seemed like whispering—"and sing and shout in the evening." Alevi could believe *that* all right.

"How very pleasant," the Princess replied, while thinking to herself, *What an odd group of foreigners!*

"That's just the way we are, my dear," said Diirgold, placing some smoked bacon on his plate. Actually, the plate was for Alevi.

"Why, thank you, Diirgold... Wow, this bacon is perfect! How did you prepare it?"

"That, my dear, is a secret only known to the Knoll. I myself barely know it and I'm *from* there!" Diirgold chuckled, looking at the others, and then plopped a piece of secretly prepared bacon into his mouth.

"But that doesn't make sense," said Alevi.

"Oh, but it *does*," Herald joined in. "It makes wonderful *scents*. Just smell it!"

"Huzzah!" the other twenty cried out, somewhat softly.

"All right then," said the Princess, chuckling to herself.

After completely breaking their fast, the group cleaned up their things and started to mount up on their horses, which were grazing nearby. Remembering that she wasn't at home, Alevi asked, "How did you all find me in the first place?"

"Well, my dear," said Diirgold. "That is a wonderful question. Would you like to take a guess at the answer?"

"Not really…"

"Very well. Here is the answer then: Yesterday, in the afternoon we were riding along the hills not too far from the Royal Castle over that way," he said, pointing into the distance behind Alevi. "And we heard an awful racket coming from the main highway leading from the Castle away from the City. Now, we're not from these parts, but we thought it awfully strange that there would be such a commotion on such a royal road. So we rode over to the Royal Road to see what was up.

"To our surprise, we saw a rickety, old carriage that was stopped alongside the road, right near a ditch. The driver looked angry as he was trying to repair the wheels in front. In the back of the carriage, we saw a young boy, who seemed to be passed out. Maybe because of the pungent tuna smell, we're not sure. We saw you lying there as well, and we figured that we couldn't let these youngsters just lie there all helpless and whatnot.

"The moment we came into view, the horses started whinnying loudly, which didn't wake you two up, so we figured something must be fishy here, no pun intended. Then I rode over to the back and scooped you, my dear, up from that tomb of tuna. And Whitney here was about to snatch up that poor boy next, but the driver was already back at the reins and immediately jolted his horses into a full-on sprint. They were headed straight for Myrtle Ridge when we lost sight of them near the River."

Whitney, a nineteen-year-old with fiery-auburn hair, looked at Alevi with sincerity in her eyes. "But we got *you*, young miss," she said, now smiling a little.

"That… that was my brother," said Alevi, her eyes wide with worry and gratefulness at the same time.

"Your brother!" said Diirgold. "Then we've got to save him, my dear."

"Yes, save him we will," Whitney agreed with fire in her eyes.

"Don't worry, child. We'll find him. You'll see," added Jerusha.

The other eighteen chimed in with various words of encouragement and zeal, and Alevi believed them.

"We've got to," said Alevi. "I don't know what we'd do without Bo."

"You mean 'Bo,' as in Prince Bo? As in Prince Bopogawana?" said Jerusha, looking Alevi straight in the eyes.

"Well, of course. Who else would it be?"

While the entire host had been looking intently at Alevi before, all twenty-one of them couldn't stop staring when they heard that.

"A prince!" said Floren, a round man with curly, brown locks.

"That makes her a princess!" exclaimed Beatrice, a blond woman in her thirties.

"She must be—"

"She's Princess Alevi!" said Herald.

At that, the whole company erupted in a great "Huzzah!" that made all of their previous "Huzzahs" from the evening pale in comparison.

"Why didn't you tell us, my dear?" said Diirgold, with a grandfatherly look in his eyes and a gleam of sun sparkling on his gray hair.

"Well, from the way you all were treating me, I thought you already knew," said Alevi.

"We were just happy to help someone in need," he said. "But now that we know who you really are, you haven't seen *nothin'* yet."

CHAPTER THREE

As he opened a pair of weary eyes, the only thing Bo could feel were a pair of aching legs. He had done what few princes had ever ventured (or been forced) to do: He climbed Myrtle Ridge by foot.

    Every winter this legendary ski slope would attract tourists from every region of Galifkadori, and from many lands beyond. Any normal visitor to this hilariously high and hilly ridge would ascend its heights on horseback. Unfortunately, Bo wasn't a normal visitor and had to tread the steep terrain, foot by foot, prodded on by a club-carrying captor.

By the time the sun set itself into the springtime horizon, the prince and the hooligan had finally arrived—and immediately collapsed—at the foot of a vacant chalet that towered from the head of Myrtle Ridge. A cologne-scented man wearing a tight, outdated dress shirt and loose suspenders noticed his two expected visitors lying in front of the building and dragged them into two separate rooms in the upper lodge.

It was there, in a fluffy bed with a little *too many* pillows, where Prince Bo woke up. Still handcuffed, the royal brother let out a little moan, realizing the intensity of his extended "hike" the day before. As soon as the moan left his mouth, a head popped into view from the doorway, revealing a disheveled mop of graying hair, a protruding nose, uncommonly plump lips, and a distinctly semi-shaven face.

Bo was now face-to-face with none other than Neighbor Stu. As if on cue, Bo's eyes grew bigger, and he couldn't help but stare at his peculiar captor. Even though he could have looked at that phenomenally fascinating face for much longer, Prince Bo finally filled the open air with poetic words rather than a stare:

> *"Oh, strange, bizarre Neighbor Stu,*
>
> *What on earth are you trying to do?*
>
> *Right now I demand the truth!*
>
> *If someone's at fault, I know it's you!"*

With a twinge of arrogance in his voice, the strange neighbor answered Bo's blunt accusations:

> *"At fault? At fault? It can't be me!*
>
> *It's not at all what you think you see.*
>
> *Why should I listen to your little plea?*
>
> *My plan will be unraveled at last!"*

Apparently, Neighbor Stu was so engrossed in the villainous plan that he had been hatching, that he didn't take note of the slip he made in the last line of his poorly processed poem. *I knew it,* Bo thought to himself. *Neighbor Stu is a bad guy after all. No wonder he tries to hide in his little hut all the time.*

Just then, the hooligan who had hiked the hilly slope entered the room. But he didn't have his weapon in hand—only a delightfully ripe cluster of grapes, keenly positioned on a platter made of platinum.

"You wanted grapes, boss?" the hooligan grumbled, aching still.

"*Yesss*, I did," said the boss.

Neighbor Stu reached for the platinum-plated platter, grabbed a handful of green grapes, and dropped them into his mouth, slowly, one after another.

What does he think he's doing? thought Prince Bo. *I've been craving grapes for so long, and now he's eating them in front of me! We're not even on Grapecrest Mountain.* Something like a growl escaped from Bo's mouth, shocking the hooligan but only amusing the boss.

"Ah, the pup must be hungry," said Neighbor Stu. "Give him his treat, Rutler."

"Yes, boss," replied Rutler, who exited the room and quickly returned with a dish covered with a rusty lid. "Here it be."

"Take off the lid, young *prince*," the peculiar neighbor said, gesturing at the rusty vessel. A little hesitantly, Prince Bo took off the lid—but then slammed it right back on. The dish smelled like tuna.

The last time Princess Alevi went rafting, she had the luxury of sitting in a large, purple boat that held not only her, Bo, Mum, and Papa, but also three royal guards who were highly skilled river navigators. Today, however, the Royal Sister was confined to a small raft constructed by the company from the Knoll. Although feeling a little squished, she knew she was safe in their hands. After all, their hands were pretty strong, and warm, too.

Jerusha sat behind the Princess with her arms around her, forming a human shield against the splashes arising from the tempestuous river. Another fellow, a thirteen-year-old named Geribald, sat in front of Alevi, with a life vest between them.

Although Geribald's job was to paddle them safely through the unruly waves, Alevi noticed that every few minutes he would stand up and splash his hands in the water (making the raft less stable than it already was).

"Could you stay still for just a moment?" said Alevi.

"Ha ha, hey hey!" was his only reply.

"Hey! Did you hear me?"

"Hey hey, ha ha!"

Turning her head to talk to her human shield, Alevi said, "What's his deal, Jerusha?"

"Oh, he's just enjoying the river. This Geribald is a great kid. It's just that whenever he hits the river, he seems to get swept away by it."

Alevi was about to question Jerusha's reasoning, but before she could, her eyes spotted something in the distance.

"What's *that?*" she exclaimed.

"It's the Mound of Marigolds," said Herald, rafting merrily from behind.

As Alevi looked downstream, she saw the dozen other little rafts mooring along the Mound of Marigolds, a mini-islet in the midst of the wide currents of the Rhonus. Diirgold was one of the first to land his raft, which he was sharing with Whitney. His silvery hair was shimmering in the sunshine, and he waved at the Princess with gentlemanly eagerness. As soon as Alevi, Jerusha, and Geribald put their feet on the shore, they were standing among dozens upon dozens of brilliantly blooming marigolds.

"Look, my dear," said Diirgold with a wink. "What do you think?"

"They're beautiful," said Alevi. "Who planted these? And what are we doing here?"

"Our friends from the forest planted them," Geribald said, still giddy from his river-rafting ride.

"Whenever we come by these parts," Jerusha chimed in, "we love stopping by the marigolds to have lunch and bask in their beauty. Today it worked out nicely that it was on our way toward Myrtle Ridge."

"But what are we going to eat?" Alevi asked.

Right as she said that, Diirgold pulled back a large bushel of marigold majesty, letting Alevi see the center of the islet, where a gigantic beehive was emitting a previously stifled *buzzzzz*. Multiple ranks of honeybees were bumbling about, buzzing away, and a slender figure sporting a sky-blue shirt was bobbing among them. It was a blond-haired man with a freshly shaven face and calm eyes that matched the color of his shirt and reminded Alevi of the river.

I don't get it, the Princess said to herself. *Mum always said that bees don't like marigolds, but here's the hugest hive I've ever seen!*

The man in blue hugged Diirgold and the other twenty in the group and then turned his attention to his royal guest. "How do you do, my princess?" the man said, getting on his knees.

"I'm just fine, sir," Alevi said. She was at eye level with him now that he was kneeling. "Who are you?"

"Brian Edmund Enderson, at your service." He took a moment's pause, taking in the breeze and listening to the bees. "My friends here tell me you're Princess Alevi. It's quite nice to finally meet you." He paused again, looked around at the bees, and then continued: "I'm the keeper of these bees... It's more of my duty than it is my job."

"How do you mean?"

"I mean that I consider it my duty to live here, and protect and plant, and nurture the nature around me. The marigolds and the bees that you see here are simply my favorite part," Brian said, eyes glimmering.

"But I always thought bees don't like marigolds."

"That is what many think, and many of them are right. But that doesn't mean *these* bees can't like *these* marigolds." He paused, pointing to the insects and flowers around them. "You see, I wanted to enjoy both of them in the same spot, so I just took the time to teach the bees to behave nicely around the marigolds."

Alevi pondered the simplicity in Brian's statements. *How could it be that easy?* she wondered.

As if he had heard her thoughts (or at least deduced it from the look on her face), Brian replied, "I do what I do to enjoy nature. Teaching the bees took a long time, but each day and each step along the way was well worth it."

Brian then stood up, and Diirgold called out, "Who's hungry for honey?"

The group let out a great "Huzzah!" and Brian gave them all a wooden bowl with pieces of wheat bread, sliced apples, and crushed almonds. He and Diirgold then grabbed three goblets brimming over with honey and poured the succulent sauce into the bowls. "Huzzah!" the group cried out. "Huzzah! Huzzah! ..."

"Huh?"

That was the royal reaction coming from the Queen when she heard from her sister that the "little darlings" were *not* in fact staying over at their "Auntie's" house.

"But Crystalina, I thought you took my beloved Bo and adorable Alevi over to your place on one of your impromptu, snatch-the-kids-away Novel Nights. If they're not with you, where in the world could they be?"

Crystalina didn't know for sure, and since she wasn't the least bit worried, she just told her royal sister about the recipe of a grape-ganache dessert she'd made for Bo not too long ago. Bothered with her sister's complacency and bored with her not-homemade recipe, the Queen quickly ended the conversation (politely, and royally, of course), and left her sister's homestead.

Immediately she beckoned the Royal Guards and told them, "Summon the chief officials! Call the cavalry together! Tell the mayors of all the tiny towns and big cities: My beloved darlings have gone missing!"

"Yes, dear Queen," said the guards. "We will assuredly find them."

"No one is ever going to find you," said Neighbor Stu. "You might as well just give up, and give in to my wishes."

After a few hours of hearing similar threats, Prince Bo was fed up. His legs were still sore, and his stomach was still hungry for grapes. All this time as he half-listened to his captor's vague and scattered statements about obtaining a ransom, Bo was thinking about a way to escape. The doorway was constantly being guarded by Rutler, and with a quick feel underneath the bed, Bo didn't detect any hidden trap doors like the ones he'd read about in adventure books. The room's windows, however, were unlocked and already cracked open.

If I time it right, I think I'll be able to make it out that big one, Bo thought. He didn't know what was beneath the windowsill—if anything at all—but he knew he couldn't stay locked up in such a beautiful place that was currently inhabited by such crazy adults.

So, with determination in his eyes (but not too much, in case his captors would suspect something), Prince Bo planted his legs next to the bed, waiting for his moment to make a dash for freedom. Just then, as Neighbor Stu turned to Rutler to say something about dinner, Bo took off.

He got to the window and shoved it wide open. He didn't have time to look back or look ahead. He jumped.

Alevi jumped back into the raft. She settled herself in, and once they all said goodbye to the beloved beekeeper, the twenty-two travelers were off. The Princess didn't mind Geribald's antics as much this time since her stomach was full of sweet honey-goodness. Jerusha was back at her post, forming a human shield for Alevi's back. The current now seemed to sweep them much faster downstream, and in no time Alevi saw Diirgold and the others anchoring their rafts at a docile dock located next to a grassy plain.

Next, she spotted the horses belonging to the band; apparently, they had been following the rafts down the river the entire afternoon, and according to Floren, they had even stopped by the Mound of Marigolds to taste some of the succulent sauce as well.

"Come now, my dear," Diirgold told Alevi. "Hop on this horsy right here!"

Although Alevi hadn't ridden someone else's horse before (she was only familiar with the Royal Steeds from the Royal Stable), she went ahead and hopped on the

spotted "horsy" recommended by Diirgold. The horse whinnied as the Princess positioned herself in the saddle, and thankfully she felt at ease as they made their way across the stretch of fields in front of them.

"This looks like Fox-Terrier Country," Alevi said as she looked about.

"It certainly is," replied Jerusha.

"The fields are so much wider in-person… It's nothing like the drawings in the encyclopedia."

"Some things you've simply got to see for yourself, my buttercup."

Jerusha's tone of endearment reminded Alevi of her Mum. *What could she be thinking? It's already the second day we've been gone, and she probably has no clue about where we are. I hope she's all right.*

The crew from the Knoll passed by a grove of lemon trees, followed by an orange orchard. Their horses were speedily, yet smoothly making their way across the plain, and soon enough, Diirgold called out that they were close to "The Base." Whitney responded with a little cheer, her auburn hair wonderfully contrasting the vibrant-green meadows beside her. The others seemed to be getting giddier than normal, which made Alevi overflow with anticipation of what might be ahead.

Just as the company was about to round a bend of rocky terrain at the edge of the plain, six rabid foxes appeared out of nowhere and startled the horses. A few riders let out a shout—some of fear, others of warning—and the travelers started to scatter.

Diirgold quickly rode by Alevi's side, directing her horse straight ahead, despite the frenzy of foxes. Jerusha and Beatrice joined together and tried to ward off the beasts. Two foxes appeared daunted by the unexpected retaliation and hesitated. The others, though, had trapped Herald between a large, looming rock and their snarling teeth and curling tails.

"Hold your place, dear Herald," Diirgold called out.

The largest of the foxes suddenly lashed out at Herald's horse, which cried out in pain when it felt the fox's claws hit its front legs. Before Herald could react, a figure leaped from the top of the rock with a whip in hand and sent the foxes sprawling with a flurry of lightning-fast *cracks*.

It was Geribald, gritting his teeth as he twirled about in a whirlwind of energy. Three foxes were now injured and gave up their ground. Two others were still nipping at Herald's horse, but Diirgold came along with Whitney and struck them with a few rocks.

The only foe left was the large fox, now marked by a bruise under its right eye. Geribald looked at it square in the face and didn't think twice—he twisted around and hit the fox leader right in the jaw with the thick end of his whip. The fox's big body collapsed in the middle of the grass, and the other five fled.

Diirgold dragged the defeated fox foe away from the group, which was yelling "Huzzah!" quite loudly by now, as Alevi let out a sigh of relief. Geribald gave Herald a giant hug, leading into a five-minute fest of laughter and joyful tears. Jerusha inspected the horses' wounds and started cleaning them up with what extra bandages the twenty-two had on hand.

Whitney came by the Princess and asked, "What did you think of *that*?"

Frankly, Alevi had never been around wild foxes before, so the whole encounter gave her quite a fright. But as she soaked in the reality that everyone was OK, and as she saw Whitney's wide smile and brilliant eyes that mirrored her blazing hair, Alevi took heart and simply said, "That was incredible."

CHAPTER FOUR

His tousled, chestnut-colored hair moved with the breeze blowing across the third-story deck. Overlooking the cityscape and surrounding villas, he basked in the sunlight and surveyed the vibrant meadows in the distance. His left hand brushed past the rear of his sword concealed in its sheath, and his thoughts strayed to the battles won in decades past. *Never has the earth been the same since those days*, he mused. *It all seems like yesterday...*

"A message for you, sire." Dropping a metaphorical pebble into the pool of the nobleman's mind, the voice of a servant broke into the afternoon air.

"Ah, yes. Thank you, my good man," the nobleman replied, taking the parchment into his hands. As he started unfolding the letter, he noticed the royal insignia stamped on the inner crease of the paper. *Something must be up*, he thought. *I haven't gotten a letter from my brother in ages.*

In the cool afternoon atop Myrtle Ridge, a young prince's life was hanging by a thread. Literally.

Prince Bopogawana was dangling from the second story of the renowned ski lodge, for the back of his tunic had caught on a hook that was originally installed just outside the windowsill to hold the Galifkadorian national banner during the winter months. Since the lodge closed its doors at the start of spring, the weight of the dangling prince was the most that hook had held in a while.

Bo tried reaching for a small ledge at the top of the first-story window, but his choppy movements only made his shirt rip in the opposite direction.

His royal ears heard shouts coming from the room he had just plunged from: "He jumped! I saw him." That sounded like Rutler's voice.

"Argggh… What a rapscallion!" That was definitely Neighbor Stu.

Bo reached for the ledge again—and suddenly his tunic ripped another inch—the momentum nearly knocking his head against the wall. Overflowing with adrenaline, the Prince quickly slipped his arms through his sleeves, grabbed onto his half-ripped shirt, and swung his weight towards the window. Then he released—and just in time, too, because that's exactly when his tunic snapped off the hook.

Bo's feet landed on the ledge, and the shirtless Prince gasped in relief. He looked up and saw Neighbor Stu's head pop out of the window where he had just been dangling from. That was all it took for Bo to make the small remaining jump to the grass and head for the hills (actually, head *from* the hills, since he was already at the summit).

Bo darted into the trees that ran along the ski slope. His heart was racing, and his feet were, too. He didn't look back once.

Alevi kept feeling like looking behind her to try to spot any more sneaky animal enemies that might be around, but she didn't. The gang from the Knoll was back to their jolly old selves, with the exception of Herald's horse, whose legs were in bad shape from all the cuts. But the other steeds were faring considerably well after the attack, and Jerusha rode behind Herald to make sure the pace of the group was suitable for his horse.

Within a half-hour's time, Diirgold called out in delight, "We're here, my dear!"

Alevi had been inspecting her horsy's mane for a while and only then realized exactly where she was. The twenty-two had arrived at the base of Myrtle Ridge, welcomed by a large rock formation that looked like a dome cut in half.

The dome colony, known as The Base, faced a small lake and had several fires awaiting them inside, lighting up the curves and grottos along the dome's expanse. Alevi spotted a few people walking up to Diirgold, and it stood out to her that they all were wearing hats on their heads. Some hats were feathered, some were woolly, and others were just plain funny.

A large man with long limbs had on his head what seemed to be a tomato, but upon a closer look (and by "closer," I mean that Alevi got a gigantic hug from this gigantic man), it turned out that the "hat" was in fact a dried pomegranate held in place by a dark, taut fabric that matched the man's hair.

Ubuntu, the long-limbed man, rested his hands on his knees after hugging Alevi to look her in the eyes: "Welcome to our home, young princess. As of today, it is your home, too."

Ubuntu stood to his full height, a total of six feet and ten inches, and then pulled out a flute from one his many side pant pockets. He played a strangely familiar yet pleasantly foreign tune in the key of A-flat, eliciting melodic responses from pipes here and there—along the lake, inside the half-caves, from behind and from the side.

Whoever these people were, Alevi liked them already. Growing up in the Royal Castle, Alevi and Bo had always been treated to the best of the kingdom's musical guests. But even so, this music felt so free and simple. So nuanced and rich. It made her feel like she was home.

Dusk fell as the nobleman's carriage carried him through the countryside. The wheels clicked and clacked against rocks every now and then, but other than that, the ride was smooth and subdued. The nobleman's mind was racing with questions while the noble steeds galloped into the twilit frontier bordering Galifkadori; he was leaning back, looking out the window. The driver stopped at the border, showed two royal-looking documents, and again they were on their way.

Dusk fell as Bo plopped himself next to a grand oak tree. He was bushed (and he was actually sitting next to some bushes). Even though he no longer had to ascend the grand heights of Myrtle Ridge, it wasn't exactly his idea of fun to sprint down a steep mountainside, shirtless, while fleeing from two crazed captors. Bo hadn't heard anyone on his trail in quite some time, so he finally fell on his bottom with the intent to rest, for the night, if possible.

Evergreens towered behind him, and oaks stood in front of him. A slender stream was flowing a few meters away to his right. He made sure to keep close enough to the stream during his escape so he could recharge when necessary, and—if what he had read was true—it would offer him a place to hide when it would get significantly wider and deeper somewhere along the lower half of the Ridge.

Bo could hear crickets chirping all around him. A short soliloquy from an owl came next. A few fallen limbs rustled as a rabbit scurried by, heading for its home. After a while of resting, Bo noticed a lightning bug a few feet away from him. *That's weird—I've only seen them in the summer*, Bo thought.

He slowly got to his feet and started stepping his way to follow the firefly. It lit up a few times, and just when Bo was about to reach out and grab it, he heard a noise right next to him.

"*Was machst du hier?*" a gruff female voice demanded.

"Aah!" the startled prince yelled out. "I… uh…"

The shadowy figure grabbed Bo by his left arm and said, "*Wer bist du, Junge?*"

Bo recognized the language as German, but he didn't know how to respond. (He really wasn't sure what the lady was saying in the first place.) After a few seconds of them both being perplexed, the twilight traveler then said, "Do you speak *Englisch*?"

"Yes, I do."

"Ah, so then… *Was* are you doing *hier*?"

"I'm running away from two crazy men who kidnapped me. What are *you* doing here? And who are you anyway?"

The figure shifted amongst the trees' shadows and then said, "I am Hildegard, and I live in this *Wald*."

"But this is a famous ski slope. How could you live here?"

37

"I just do, *Junge*."

As his eyes adjusted to the gradually darker lighting, Bo spotted the firefly again. It flew right up to the stranger, landed on her shoulder, and fired up a magnificent light. In the wake of such an extraordinarily clear light show from the lightning bug, the Prince could detect a crease in the stranger's cheek that was nothing other than a smile.

"How did it do that? It's acting like it's your pet or something."

"Oh, *das*? It is nothing. I am just, eh…"

As her voice trailed off, Bo picked up from her no-longer gruff tone that this strange forest dweller was probably not much older than Alevi. When he thought of his royal sibling, the Prince couldn't help but wonder where she was: *Could she be somewhere nearby? What did Neighbor Stu do to her? Why wasn't she in that smelly carriage with me?*

Back to his immediate surroundings, Bo blurted out, "Do you have a safe place I can stay?"

"*Ja.* But it is not for just anybody. I cannot give away my secret spot to the whole *Welt!*"

"True, but I am not just anybody. *Ich bin…*" Bo tried to remember the phrase his Papa once taught him before heading off to visit his *deutsch*-speaking allies. Bo tried and tried, and all his trying paid off because he remembered the rest of the phrase: "*Ich bin… der Sohn des Königs.*" ("I'm the son of the king," he said.)

"*Ach du lieber!*" Hildegard exclaimed, putting her hands to her head. "In that case, I will take you to my *Haus* at once."

So Hildegard, with the firefly still happily lighting up her shoulder, took Prince Bopogawana by the hand and dashed through the "*Wald*," down a ditch, through a thicket, over a boulder, and then stopped right on top of a fat stump of an oak. "*Wir sind hier,*" she said, signaling to her royal guest that they had arrived.

Bo looked about but only saw large trees and an especially large stump, which Hildegard kept pointing at. "Uh, ladies first," the Prince said politely (although almost as if asking a question).

"Very *gut.*" And with that, Hildegard bent down, embraced the oak stump, and turned it in a surprisingly graceful clockwise motion, revealing wooden steps into her underground home.

Dusk had fallen on the camp. Delightful tunes, now in the key of C major, filled the cool, nocturnal atmosphere as the twenty-two travelers mingled with a host of hospitable families hosting them at The Base. The fires lighting up the dome's caverns and crevices had grown larger at Ubuntu's urge to provide a warm homestay for his visitors.

Alevi was sitting with a family of five on the eastern end of the half-dome: They were Hurango and Pelisa, a tranquil couple in their thirties; Seraya, Pelisa's sister; and Nipele and Hurango, Jr., two cheerful young lads who had their mother's smile and their father's comically creased forehead. Nipele and "Hujo" (as the other son was often called) played around the fire, kicking a hacky sack around and above the flames, until it finally fell into the mini inferno. Undaunted by their small loss, the boys started using walnuts as projectiles for a mini war that sent them diving around Alevi and their family members.

After about an hour of pleasant conversation with the family, Alevi realized that they had been talking about *her* the entire time. Besides their names, Alevi hadn't asked much about their lives. It wasn't that she was acting like a rude princess; it was more that the family was so fascinated by their royal guest and simply overwhelmed her with questions about her life, and with offers for more chamomile tea and sweat bread. As she sipped her "sleepy-time tea" (that's what her Mum usually called it), Alevi asked the family about their life by the lake.

"It's a simple life," said Hurango. "We have everything we need here."

"It's like we're all family," Pelisa added, also adding a cube of crystalized maple syrup to Alevi's cup.

If the twenty-one from the Knoll weren't the epitome of extreme generosity, then these new friends definitely were. The more she looked around their humble abode neatly built right into the dome, Alevi noticed how their simple surroundings told more about them than she had realized. The way they interacted as a family definitely proved their words to be true; the portraits and drawings hung on the walls told of past generations and great triumphs and trials; the candles and flowers positioned around them spoke of an appreciation for the beauty given to all; the lightweight instruments belonging to each in the family (and in the community, apparently) showed their desire to create, animate, and invigorate.

Alevi yawned. In a few moments, Seraya had pulled out a hammock with marine-blue weavings of whales and peaceful aquatic depths, and the two boys set it up in a few more moments' time. Hurango hung up the beaver-hide hat he'd had on his head, and the family kissed each other goodnight—yes, even Alevi. Don't worry: It wasn't on the lips, just on both cheeks, and on her chin.

Before closing her eyes and entering into a dream that she would most likely enjoy, Alevi asked Hujo why they gave each other kisses on the chin.

With a broad smile, he replied, "Our parents always said it'll give us confidence. If we always have our chins up, the people around us won't have to go out of their way to kiss us."

CHAPTER FIVE

The sun came up, shimmering over the waters of the lake. When Alevi opened her eyes, her nose was awakened with the scents of cinnamon and vanilla, and her ears could hear skillets sizzling, spoons spinning, and kids laughing. Although her

hospitable family had already been up for a while, she didn't feel the need to rush out and see what was going on. She just rested a little while longer, unaware of all that the day would have in store.

Sunlight crept over the royal hillside as the Queen could finally rest her royal head upon her plush, Persian pillows. After many hours of scouring the city by night with scores of official investigative agents, the Queen succumbed to sleep and slumber, swept away into dreams of Bo and Alevi rolling around on their grassy lawn.

Prince Bo popped his head out of a patch of grass, temporarily blinded by the brilliance of the morning sun. After spending the night in an underground home, which was actually fairly well lit—with candles that emanated a soapy lavender aroma—Bo felt a little strange looking around at the grass, trees, deer droppings, and insects that started crawling onto his arms and subsequently were sent sprawling with a flick of his fingers.

Upon first entering Hildegard's subterranean lair, Bo's expectations were blown as his feet felt the dirt underneath him turn into a furry carpet, which he soon learned was a combination of bear and rabbit pelts.

"You hunt bear?" he'd asked.

"Why, of course," was her response. In the candle-lit comfort of her home, the German's blue eyes flickered along with the flames positioned around them. Now that he could see his benefactor more clearly, the Prince considered the resemblance of her hair to a shock of corn at harvest time, and her appearance reminded him of a strong, rugged mountain climber.

Hildegard showed him around her kitchen, water closet (actually a cavernous, underground pool), and the guest room, modestly adorned with a cot, bedside table, and a painting of an elderly Teutonic gentleman with a full beard. Hildegard even lent Bo a gray tunic to wear, and although it was one size too big, it definitely beat going shirtless. Without any sunlight to creep into his room and wake him up in the morning, Bo was snoring like a middle-aged man on vacation in the tropics when Hildegard let out her typical morning-time yodel. A great "Yodelayheehooo!" burst into Bo's room, beat on his eardrums, and made him spring up in his bed in surprise.

Bo thought he could still hear the reverberations of the yodel as he peered out of one of the secret lookouts that Hildegard had built into her ceiling. With just the right mixture of mechanics and man-made moss, she had constructed several outlets from her home—manholes of the forest, if you will. That way, she could appear at any of eleven different spots within a half-mile of terrain without being spotted by any eyes above ground.

The spot she chose for both of them to come out was about one-third of the way from the base of Myrtle Ridge. Bo looked around and spotted a body of water through a clearing in the trees. "That lake's not too far away. Is the City in that direction, too?"

"*Ja*, but it's quite a hike."

"Then I should probably make some headway—who knows where those hooligans could be now!"

The Prince started making his way through the trees when suddenly he saw a flash go by. Hildegard was charging ahead as she called out, "Last one to the lake is a smelly *Schnitzel*!"

"It's time to ascend the Ridge, my dear," Diirgold told the Princess. The twenty-one from the Knoll and Alevi were again in each other's company. They had broken their nightly fast with their host families and then gathered together at the edge of the lake. Alevi spotted her horsy taking a drink from the water a few yards to the left of the group. Jerusha was walking by each of the steeds and feeding them morsels of carrots and oats.

"It's my guess that we'll have to go the whole way to the top before we spot your dear brother," Diirgold continued. "But you never know with such things."

A small shiver went through Alevi as she remembered Bo. "I hope we find him soon. We've never been apart from each other for this long."

"Cheer up, young Princess," said Jerusha. "We've got your back."

"And soon," said Herald, "we'll have the Prince back!"

"Huzzah!" cried the others (somewhat softly, since it was morning).

The twenty-two then said adieu to their friends at The Base and got onto their horses. Within a few moments, Ubuntu came riding up on a large horse of his own: "My friends, I am coming with you to rescue the Prince. The wise Diirgold asked me for my assistance, and I would be honored to lend both of my hands to bring him home."

Alevi thanked him and smiled as he pulled out his flute. The tall chieftain with the pomegranate hat played a soft, flowing tune in E-flat as he rode away with the twenty-two travelers (now twenty-three with him along). The Princess could hear the sound of distant instruments echoing off the lake as they slipped into the covering of the trees.

Neeighhhh, said the nobleman's horse as they came to a stop in front of the Royal Castle. The driver, with a look of royal respect (and slight fatigue from remaining watchful all throughout the night), opened the carriage door for his noble passenger, who hopped to the ground with determination that belied his lack of sleep. When he

and his driver approached the Royal Front Door, one of the porters was about to question their identity and the reason for their visit, but the more experienced doorman simply unlocked the doors and gave a slight bow as they entered.

"Wake up, silly! I mean, dear Queen," the nobleman said once he'd ascended the Royal Stairway, entered the Royal Bedchamber, and opened the blinds, thus temporarily blinding the eyes of the sleepless beauty.

"Who is it?" said the Queen. When her eyes adjusted to the morning light, she took one look at her noble visitor and then put her head back under her pillows. "Bill! What are you doing here?" she muffled from underneath her puffy Persian possessions.

"I'm here to help," he said casually.

The Queen's royal head popped out from the pile of pillows and said, "You better be, at such a trying time like this."

"Ah, certainly, dear Queen," said Bill, not even trying to hide his smile. "Have you received any word from the Brewster?" (Note: The so-called "Brewster" is, in fact, the nobleman's brother, the King.)

"Not yet. I sent him a message immediately after I found out the terrible news, but it's too soon to expect anything in reply." The Queen paused, looking out the window at the open fields. "He may only be a couple of days into his scheduled trip, but this is a *far* greater matter than any political meetings or whatever it is that he does with those leaders."

"I'm sure he's gotten it," the King's brother said as he surveyed the current status of the Royal Bedchamber. "Well, I'll be. I haven't seen this portrait in ages." He picked up a petite painting of the Royal House dating back to when he and his brother were in grade school.

"That was a long time ago," said the Queen. "But, in a way, it sort of feels like just yesterday."

"It does, doesn't it?"

"Those were the days when Crystalina and I would go out back and pick grapes on our *grand* property by the River. Our Papa would be out working somewhere in the vineyards, while our Mum would be watering the veggies and flowers in our garden. And there was Crackerjack, of course, our greyhound. He'd always come chase us when Mum called us in to sup."

"Ah, the wondrous days of simple living… Your father did well carrying on the Galiff family name. It's no wonder the Alliance with the Dorika Clan has lasted all these years."

"Quite so. Although, I might say, my taste buds could never get used to their family's special grapefruits."

"Oh! Their grapefruits are absolutely delectable," Bill said. His eyes glistened and stomach rumbled as he stood by the window alongside the Queen. "Now that you mention it, is that a large shipment of citrus I see just arriving at the gates?"

"Well, I suppose you're right," the Queen said a little hesitantly.

"You don't say…"

CHAPTER SIX

A large band of ruffians gently and tenderly opened the doors to the ski lodge at the orders of "the boss." When their black boots hit the grass and not-crunchy leaves on the lawn, they received the go-ahead from Neighbor Stu: a piece of stinky tuna was thrown from a third-story window.

At that, the hired group of sixty-four scallywags snarled and started storming down the slope with wooden beams, metal rods, and enormous, discolored candy canes that had been found in a long-abandoned warehouse in a nearby town.

Rutler exited the lodge a few moments later and followed the trail of dust rising into the air behind the rest. He wanted to stay behind, but Neighbor Stu wasn't in the mood for company after Bo had escaped their clever, yet cluttered clutches. Rutler's only orders were to make sure that the Prince returned (not necessarily unharmed) to the lodge, where he'd assuredly receive a serious "talking-to."

Clip-clop. Clip-clop. Clip-clop. The company from the Knoll, along with the Princess and their towering, flute-playing companion, were making their way through a large clearing from within the oaken forest leading up the Ridge. It hadn't been too far yet, but Alevi noticed that her horsy was panting somewhat heavy.

As she looked around at the others, she saw Diirgold patting his steed on the side and giving it various, good-natured words of encouragement. "Come on, little horsy. You can make it," he'd say. And then to add a little spark of laughter into the group, he asked with a cheerful voice, "Will all hope be lost, my friends? Will we *never* find the brother of our fine, young princess?"

Jerusha replied first, "Nay, I say!"

"Nay indeed!" Whitney chimed in.

Herald then let out a great "*Neeeiiigghhhhh!*", which stirred up the horses and made the group press onward with a renewed zeal.

"That's what I like to see, my dear," Diirgold said as he turned to Alevi with a smile. Alevi's horsy was fired up along with the others—maybe even more so—and quickly took her ahead of the group. The Princess was the first to reenter the mass of trees that marked the end of the clearing, so she felt like asking Diirgold to lead the way again. But she figured that her horsy knew his way and just let him go.

After a few moments of looking at the tops of the trees, marveling at the vast shafts of sunlight piercing through the foliage, Alevi realized that her horsy was now weaving through trees and making circles around rocks, so much so that Diirgold called out from far behind, "Where are you going, my dear?"

"I don't know!" was the Princess's reply. "I'm trying to stop him, but he seems so excited."

"He must smell something," said Ubuntu. "That's a mighty young steed if I've ever seen one. His nose must be picking up a particular scent."

Diirgold made his horse pick up the pace as he pondered the horsy's behavior. "Hmmm, I haven't seen a horse act like that since the Lavender Rebellion of '62. That seems so odd."

"What are you talking about?" asked Alevi.

"That was when a disgruntled band of Dalligans attacked the town of Lorydale and stole all of their legendary lavender soap, which supposedly cleaned up horses so good that the animals themselves wanted to have just a *smell* of the soap if they managed to get close enough. Even if they were already clean."

"Did anyone ever get all that soap back?"

"Yes, but it was many years later. The soap was used up so fast that no one had the time to write down how to make it again. A few people say that some of the soap was left behind or hidden somewhere, but I haven't laid eyes on any in many, many moons."

Just then, Alevi's horsy whinnied and jumped in the air, stopping directly over a small brambleberry bush. The other twenty-two soon formed a circle around the bush, which looked like all the others in the surrounding area. The horsy whinnied again, and then the other horses joined in, hitting the ground with their hooves and reaching toward the bush with their mouths. Whitney and Jerusha dismounted and started pulling back the branches.

"How does it look?" said Diirgold, his silvery hair glimmering in the light of two slender sun-streams coming from above.

"The roots aren't very deep," replied Whitney.

"Yeah, and the berries are pretty good," Jerusha added. (There was already a smudge of brambleberry juice on her left cheek.)

"Great Scott!" someone said. Alevi turned her head and saw that the exclamation came from Floren, who had his hands on his head and was wearing an expression of pure bewilderment.

"Oh, Floren. It's just berry juice. It'll come right off," said Jerusha as she wiped the dark stain from her skin.

"No, it's just that—"

"He's just excited to smell some of that legendary lavender," said Geribald.

"No, it, it's—"

"Would someone just let him talk!" said Alevi—instantly realizing that she, too, had cut him off.

"It's that angry carriage driver again!" cried Floren, pointing past the bush— straight at Rutler and sixty-four ruffians running in their direction.

A pair of princely feet was skipping through the forest, sometimes followed by— but often preceded by—another pair of forest-friendly feet. Still keeping up the pace, Hildegard led Bo in their race toward the lake. They were running just a few feet from the river, which was significantly deeper at this point along the Ridge.

"Do you like to go swimming along here?" asked Bo from behind.

"Oh, *ja*. It is so nice to swim in this spot, especially in the *Sommer*."

"It looks so clear and inviting. I'd like to give it a… Hey, did you hear that? It sounded like horses neighing."

"It almost sounded like a person," said Hildegard, now slowing to a stop.

Bo trotted to her side and looked at their surroundings. "There aren't any horses that live on Myrtle Ridge, right?"

Hildegard shook her head. "*Nein, Junge*."

"Well, then who's over there?" Bo pointed at an angle downstream.

"We should go look—but carefully."

"*Ja*," Bo said with a wink.

The two of them then made their way toward a section of fat pines. "Hop up, *Junge*," said the woodland guardian as she climbed onto a sturdy limb concealed in the midst of the trees.

Bo grunted as he pulled himself alongside Hildegard. They peered into a clearing, where lo and behold, they spotted a group of twenty-three travelers, one of whom was of extremely tall stature and had what looked like a tomato on top of his head, and another was a girl on a smaller horse who looked just like…

"Alevi!" Bo said in the softest, most contained voice he could muster (in reality, it was almost a shout).

"Wait," Hildegard said as she held out her hand against Bo's chest. "We must see if they are friendly before we do anything."

"But it's my sis!"

"Wait. Look there."

Just then, Alevi sped up, going ahead of the rest into the trees just a few yards to the right of the two hidden watchers. The other horses followed suit, and within a minute or two, Bo and Hildegard had followed Alevi, the tall "Tomato Man" (that's what Bo called him in his head), and the other twenty-one strangers at a reasonably secretive distance right up to one of the hidden entrances to Hildegard's home.

"Ah! We cannot let them do this. *Das ist mein Haus!*" said Hildegard as she pulled out a slingshot that had gone unnoticed to Bo up until that very moment.

Bo was about to try to defer her with his words, but he suddenly noticed a large mass of movement rustling in the back woods. He jumped from the tree and quickly grabbed a big branch from the ground. "They're fine," said the Prince, shifting his gaze from Hildegard's eyes to the menacing mob of troublemakers. "It's *them* I have a problem with."

Click-clack, click-clack came the Royal Carriage speeding along a cobblestone path. The Queen and her noble brother-in-law were making haste, accompanied by the choicest horsemen and javelin throwers from the Royal Cavalry. Ever since the Queen had made her Royal Decree about the disappearance of the Royal Siblings, rumors started spreading about some "fishy" activity happening on Myrtle Ridge, although no one went up there to find out what it was (after all, it wasn't the season to ski).

En route to a possible rendezvous with her kids, the Queen had mixed feelings. Actually, she was mostly excited that she might be able to see the (hopefully) cheerful faces of Bo and Alevi once again. The only thing bothering her at the moment was a particular pet peeve of hers: the strong smell of ripe grapefruits being carried along in the envoy.

"Take cover!"

Without a moment to spare, the twenty-three companions rushed their horses away from the approaching gang of hooligans. At that very moment, Alevi screamed. Jerusha and the others quickly turned their heads to see if she was in danger.

"It's Bo!" shouted the Princess as she turned her horsy about.

"Sis!" cried Bo, running in her direction.

The enemy swarm was only a few dozen meters away, so Bo thought on his feet: "Everybody, split up into two groups! One group, follow her," he called out, motioning to Hildegard. "And the other group, come with me."

Alevi jumped off her horsy and leaped right into a big bear hug with Bo—almost knocking him over in the process. "Bo, we finally found you. I can't imagine what you've—"

"Hurry, Sis. You go with Hildegard."

"But I—"

"There's no time. You'll be safer with her."

"But what about you?"

"I'll be fine. Just go!" said Bo as he raced off along the stream.

Hildegard was now over by the brambleberry bush, which she plucked up in a matter of microseconds, and was clearing the entrance for others to come through. The remaining twenty-two were all so surprised—not only by the huge mob of angry hooligans but also by the sudden appearance of Bo—that they followed Bo's orders

without a second thought. Jerusha, Whitney, Herald, and Geribald followed Bo towards the river, while Alevi and the other companions rushed into the underground haven.

"This way, my dear," Diirgold told her.

Alevi entered the candle-lit subterranean lair with her heart racing and an exceptionally clear mind. She saw three friends from the Knoll pass by and then looked back outside. Bo's woodland friend was shooting sharp pebbles at the enemies closing in on the company.

The Princess turned, saw a large wooden chest on the floor, and opened it. There she discovered a whole arsenal of slingshots and accompanying projectiles. She picked one up at random and stuffed as many large chunks of coal and broken bricks that could fit into her pockets.

Alevi ran up to the surface and loaded the slingshot. "I hope you don't mind," she told her slingshot-shooting friend. Nailing a hooligan right in the nose with a rock, Hildegard replied, "Be my guest."

"Come on, everybody!" Bo yelled out as he reached the river's edge. "I hope you

52

can swim!"

"I, uh… I'm not the best at it," Jerusha yelled back, still running toward the water.

Whitney and Geribald already had their feet in the water. "What do we do?" asked Whitney.

"Here, follow me as I swim. This spot in the river is extra deep, and there are actually tiny caverns underneath that connect to a large cave down there. If we find the right section, we'll be able to meet up with Hildegard's underground home."

"And if not…?" said Herald.

"Don't think about that. Just swim." Bo flung himself into the river. Geribald and Herald did the same, followed by Whitney.

Jerusha was the last one on the water's edge. She watched the others swimming on ahead, realizing that she *had* to follow them now. Right then, she heard yells and groans coming from behind.

She turned around to see Ubuntu smashing a big branch against the back of one of the hooligans. He was swarmed with attackers and already had a cut on his cheek and both of his arms. *He was protecting me all this time, and I didn't even realize it,* Jerusha told herself.

Wishing she could help him, she looked back to the river: Only one body was still visible. In a moment's time, it dipped under a big rock downstream and was no longer in sight. That was the final straw. Jerusha plunged in headfirst.

54

CHAPTER SEVEN

Gasp… Blurp… Gasp. In the dark and cavernous conglomeration that he was now in, Prince Bopogawana was coming up to the surface for air every few seconds, hoping to find himself in the safety of Hildegard's subterranean pool (or "water closet" as she explained it).

So far, after five or six tries, all he found himself looking at was the nearly pitch-black rocks only a few inches above his head. The others seemed to be keeping up with him, although he wasn't sure about all of them. After submerging himself twice more, Bo took another gasp, this time in relief—and, of course, to get some air back in his lungs. They made it. Or at least *he* made it.

Reaching towards the tiled edge of the pool, Bo pulled himself up and sat for a few moments, cheering Geribald and Whitney as they surfaced. Herald came up gasping for air within another couple of moments. They plopped themselves next to Bo on the tile and then returned their gaze to the dark caverns from whence they'd come.

A few ripples in the water. Stillness. A faint murmur—then an abrupt *burst* as Jerusha emerged from the water, gasping and coughing in a much-anticipated reunion with (relatively) fresh air. The mini group let out a not-so-mini "Huzzah!" that echoed on the cavern's walls as they pulled her up to the tiled refuge.

"What happened back there, Jerusha?" said Herald.

"I" (*gasp*) "was standing at the water's edge" (*gasp*) "and was trying to figure out if I really could gather the strength" (*cough*) "to swim after you all. But then I heard a noise and looked behind me, and there was Ubuntu fighting off all of those hoodlums with a big old branch, and I didn't have time to weigh through the options anymore, so I just dove in to follow you all, and somehow, someway, I swam here—"

And with that, Jerusha collapsed like a rather wet sack of potatoes.

Another stone whipped out of Hildegard's sling, stopping yet another attacker in his tracks.

"I'm almost out of ammo," the Princess called over to her fighting comrade. "I think we should go down and try holding the entrance shut the best we CA—"

Right as Alevi was ending her sentence, a hooligan grabbed her from behind and lifted her into the air. Alevi released a yell so shrill that the hooligan had to close his eyes for just a moment, which was all Diirgold needed to pop out of the no-longer-hidden entryway, whack the adversary in the noggin, and snatch Alevi away to underground safety. Hildegard unleashed a few more pointy, pebble projectiles before lowering herself down into her lair, barring the door shut to the best of her abilities.

Within a few seconds, they could hear banging from the other side.

"We must hold it as long as we can, my dear," Diirgold told Alevi. Turning his gaze toward Hildegard, he added, "*Wir können es schaffen!*" ("We can do it!") with a grandfatherly wink.

"*Ja, wir mussen*" ("Yes, we must"), she replied with gusto.

The three of them leaned there against the door, holding it tight with tense muscles. A minute or so later, their ears perceived something: The constant banging and yells from the outside had changed to intermittent thumps and groans.

"What could it be?" asked Hildegard.

"No one was left outside, right?" said Alevi.

"I don't think so."

"Then what's going on?"

Ubuntu's eyes were slowly closing shut. As he breathed in, the air was sweet, but it seemed to cut into his side as he exhaled. His hand let go of the branch that he'd fought with. Shards of discolored candy canes now littered the ground where he lay.

Only one eye was left open. Another breath. Sharp pain in his side. Rustling of footsteps in the brush. Another breath. As Ubuntu's eyelids were about to touch, he heard a few thuds, and as darkness flooded his consciousness, he sensed the faint scent of grapefruit.

"Let 'em have it!" commanded the King's brother.

At Bill's word, the Royal Cavalrymen and Javelin Throwers were now letting the malicious band of hooligans have as much of "it" as they could. The Queen, leaning on her elbow to see the hubbub taking place just outside the carriage window, gasped in awe, and then in cheer, as she saw her royal guards peg the villainous perpetrators with large, juicy grapefruits. The Galifkadorian grapefruits turned out to work like a charm in battle, since their weightiness could easily leave an enemy knocked down, knocked out, or at least stunned for a good while—not to mention their strong acidic punch, which, upon entering an open cut or open eye, would sting so much that the only natural remedy would be to bathe in molasses (or at least warm water) for no less than an hour.

By the time the Queen felt safe enough to exit her regal carriage, all but three of the threatening hoodlums had been vanquished. The Royal Cavalry already had a few of the wounded gangsters tied up and strapped to the back of their stagecoaches.

"Where are my darlings?" inquired the Queen.

"They'll turn up soon, dear Queen," assured the cavalry's chief officer.

"Whoa," said Bill. "These horses are going *crazy* over here. They're sniffing the daylights out of this uprooted brambleberry bush. I think they've found something."

The Prince's oversized tunic was still dripping water onto Hildegard's ursine carpets as he rushed through the underground corridors towards his sister. The others, after transferring Jerusha's weary body to the bed in Hildegard's guestroom, were still dripping as well, yet in fairly good spirits since they had all finally swum to safety.

"Alevi!" Bo called ahead.

"Bro! Bo!" Alevi called back.

Diirgold and the rest parted way for Alevi, who was more than eager to embrace Bo in their second bear hug of the day—one that lasted much longer, now that they were no longer in the midst of peril.

"Are you all OK?" Bo asked while locked in a humid embrace.

"Yeah, we made it. Hildegard and I were keeping those hooligans back," she said turning toward her new friend. "We closed the door just in time."

"I don't hear any noise from the outside. What happened to all those hoodlums?"

"We will find out," Hildegard responded.

All of them gathered around a nearby forest manhole (one of the lookout points), and the Master of the *Haus* popped her head out of the partially artificial foliage.

"The coast is clear. *Alles klar*," Hildegard said after carefully looking about.

The group went out of their unforeseen haven. Before long, Bo and Alevi, still side-by-side, got reoriented with their surroundings on the forest floor, and—

"Hey, look over there!" Bo blurted out. "Behind those bushes, that looks just like… No, it can't be… Is that…?"

At that point, Bill, who was standing nearby with a few cavalrymen, answered his nephew's half-formed questions: "It's the Brewster!"

Yes, he was right: It was the so-called "Brewster," or more commonly known (and hailed) as the King of Galifkadori.

"Papa!" Alevi sung out, starting to run.

"My little tots!" their Papa replied, presently wearing a royal pair of khakis, a lightweight linen shirt, a coonskin hat, and an agreeable five-o-clock shadow. As Alevi and Bo ran toward their Papa, and as Bill and the Queen ran to him, too, they all took note of a handcuffed character in suspenders who was sulking beside the King.

"Well, I'll be," said the Queen. "Hon, what is Neighbor Stu doing here?"

"What *isn't* he doing here, Mum?" asked Bo as he tugged on her royal sleeves and leaped into her arms, smothering her with love.

Alevi ran by, gave her Mum a kiss on the chin, and before the Queen could question her about the placement of the kiss, she had already gotten to the King.

"You're here!" she cried, with a few royal tears of joy. "What... what happened?"

With a broad grin below his cheerful eyes, the King declared, "It looks like it's time for a story..."

CHAPTER EIGHT

"It all started a few days ago. I was in our beloved backyard," the King said as he looked at Alevi and Bo, "practicing some archery. You know, the usual.

"After I hung up my bow, I decided to peer over at our neighbor's property. It had been some time since I had last heard anything about him, and I had received several reports of a carriage coming and going during the night for a week or so. So, I crept past your Mum's royal gardens and popped my head past those prickly pine trees. It was then that the pieces started coming together.

"Our aloof Neighbor Stuart"—at that, the man to whom the King was referring let out an agitated groan—"ah, yes, Stu, as he likes to be called. You see, our aloof neighbor had always given me a strange feeling… that he might be up to no good. So, on that day my suspicion was confirmed, for I spotted him chatting with a disgruntled, hooligan-looking fellow. His name may have been Rattler, or something to that effect.

"At any rate, they were talking and whispering about our dear children," he said looking at his Royal Wife. "From what I caught from their conversation, they seemed to be plotting a perilous plan to snatch up Bo and Alevi 'if they ever dared set foot' on his property again.

"Now, I was certain my kiddos knew very well that his land was indeed off-limits (ever since that little 'incident' a few years ago). The Queen and I have always told them to be content with what they have—with the abundance right under their noses. But, knowing that they're just kids, I wanted to be on the safe side of things, so I sent my brother Billy a letter detailing the potential peril at hand.

"Then as I was setting off for my trip north, I wanted to be extra cautious about the matter, since I'd just gotten another report from my official watchmen about a stranger entering the vacant chalet atop Myrtle Ridge. Although a bit out of the way of my original course, I decided to go there myself. And thank heavens I did, for I was able to locate the villain and survey the premises without him knowing.

"That's why, my little tots," he said as he took off his coonskin hat, "I dressed myself up like the woodsman I am at heart when I spied around the lodge. It's much too hard to be sneaky when wearing all that royal garb, I assure you. My daring Bo might have wondered why the windows in the room he was trapped in were unlocked, allowing for his undeniable escape from Neighbor Stu. That was thanks to a little nighttime espionage that I set out to do after Bo and that Rattler fellow arrived at the top of the Ridge in the evening."

Bo's eyes were wide with wonder by now, and actually everyone else's were, too.

"The whole time, I was carefully looking at each aspect of the situation, knowing that Bo would be just fine. And gratefully, I received a reassuring message from a royal sentinel who had spotted Alevi from afar, safe and secure in the company of benevolent travelers.

"By the time Neighbor Stu's hooligan horde had left their hiding place this morning, I figured that Billy here would have the ammo ready and already be on his way to 'take them out' (royally, of course). When the rest of the lodge was clear, I crept up on the unruly rogue, who was shaving only part of his face in one of the third-story suites, and took him by surprise— tickling him and handcuffing him at the same time. Just for fun, you know," he said with a laugh. "And there you have it!"

The whole group was awestruck: the Queen, Bill, Bo and Alevi, the twenty-one from the Knoll, Hildegard, the Royal Cavalry and Javelin Throwers—even the tied-up henchmen. The first to give an audible response was Diirgold, who gave his group "the cue" and then started to shout out with them in the loudest voice Alevi had heard yet from her companions: "Huzzah!"

Although normally cautious when it comes to yelling out things in public, the Queen was next: "Huzzah!"

After that, there was no stopping every last one of them from filling the forest with the greatest, most joyous "Huzzahs!" that Galifkadori had ever heard.

EPILOGUE

The leaves lying by the castle walls were crunchy by now. Hues of amber, chestnut, and sunflower-petal yellow lit up the Royal Lawn with a collage of colorful accents as Alevi and Bo strolled about their property.

They could hear their Mum humming from the kitchen window that overlooked the pond, and they knew their Papa would probably be back within the hour from a grand grouse hunt with their Uncle Bill. Bo smelled the comforting aroma of their wood stove, and Alevi looked toward the Royal Stable and watched her "horsy" (yes, the same one she'd ridden with the company from the Knoll) trot back into its new home.

"That was a nice time we had with Diirgold today," said Bo, his bare feet crunching against a few leaves.

"Yeah, it was nice he made the visit all the way from the Knoll," Alevi said, her eyes full of scenes reminiscent of her adventure a few months back.

"I think Whitney said she'd be coming by next week… It's a wonder the entire gang isn't coming all at the same time!"

"I think they'd like to," said the Princess, tossing a pebble into the pond. "Diirgold said they might in December."

The siblings walked a few more feet, and Bo looked over at the group of fat pines to the west. "You think Hildegard likes her new place?"

"I'll say! With all the revenue she got from selling that famous soap, I think she'll be quite comfortable from now on."

"It's good to have her nearby. Especially now that there's no longer a strange, little shack over there."

Alevi and Bo both stepped onto the neighboring property, now easily accessible after a few of the fattest pines were cleared away and fashioned into the façade of a two-story log cabin. Its windows were so large that anyone passing within several acres of the *Haus* in the evening couldn't help but notice when its new owner was lighting up her impressive fireplace.

As the Royal Siblings made their way toward the back door of their Royal Abode, Alevi thought of the fires lighting up The Base by the lake. *I'd like to visit them soon*, she thought. *And see how they are. Maybe bring them a flute from the castle's treasury.*

When conversing with Diirgold that afternoon, Alevi had heard some good news: Her Papa had just finished erecting a six-foot-ten-inch statue of a hero belonging to the people from the lake. It was in honor of Ubuntu's fearless display of valor, as he selflessly risked his life to protect his friends—even the ones he'd only met the day before.

"I sure am glad Ubuntu's healing well from all those battle wounds," said Alevi. "What he did was absolutely amazing."

Bo smiled in agreement. "I definitely won't be able to forget him. Especially with his pomegranate-hat on my shelf!"

Alevi chuckled. "It's a good thing it wasn't a tomato after all. Pomegranates are a whole lot yummier, and prettier, too."

"If I would've been Uncle Bill, I'd have chucked tomatoes at those hooligans. Along with the grapefruits."

"Any fruit is fine with me. I'm just glad Neighbor Stu is behind bars along with those other scallywags."

"You bet. I hear Siberia gets pretty chilly."

"It's great Papa was able to make a deal with that foreign leader. I might want to travel to that part of the world someday. It looks really big on the map."

"Yeah, me too… But for now, I think the kitchen is good enough for me," said Bo, starting to run toward the amazing smell lofting out of their kitchen window.

"Bo! Alevi!" their Mum called out. "Your cousin Ralph made some cheddar bread for us again. He dropped it off just a few minutes ago. I think it'll go well with this homemade grape ganache dessert I just made."

"All right!" said Bo. "Guess who's hungry for grapes?"

MEET THE AUTHOR

Mark Miller is a language lover and storytelling enthusiast. He derives great joy from helping people of all walks of life find their voice and tell their story—whether through ghostwriting, editing, or translating.

Galifkadori is Mark's second work of fiction. *Scotty Go and Other Small Tales* (2019) was his first published collection of short stories. Mark is also the co-author of *The 1960s on Film* (2021) along with Dr. Jim Willis.

Mark lives in the Greater Los Angeles area. Discover more of his work at www.bookmarkedpages.com.

MEET THE ILLUSTRATOR

Michael Vallado is an illustrator and character designer located in Southern California. He loves creating characters and worlds that are vibrant and full of adventure. When Michael isn't drawing, you can find him reading Tolkien, going for walks, or hanging out with his cat.

Michael's first published work was the children's book *Hannah and the Lost Jelly Shoe: A True Story of Faith* (2023).

You can see more of Michael's work on his website, www.michaellearnsart.com.

CONGRATS!
YOU JUST READ THE ENGLISH
VERSION OF THIS BOOK.

SIGUE PARA ADELANTE
PARA LEER EL LIBRO EN ESPAÑOL.

Galifkadori

una aventura

MARK MILLER
AUTOR

MICHAEL VALLADO
ILUSTRADOR

MENCIONES

¡Qué alegría es escribir historias! Esta historia en particular, que fue escrita en tinta digital en 2013, ha sido un proyecto gozoso de muchos años.

Les quiero agradecer a los miembros de mi primera audiencia, sin cuya amistad este libro no existiría hoy: Bob, Ileana, Leah, y Noah McCorkle. Gracias por avivar la alegría contagiosa que ha marcado mis escritos desde los primeros días de contar cuentos espontáneos en su casa.

A continuación, mucho respeto se le debe a Michael Vallado por su arte magnífica que verdaderamente "traduce" e imparte el espíritu divertido y aventurero de esta historia.

Gracias a Bob (de nuevo) por diseñar el interior del libro y ayudar en el proceso de publicación por la segunda vez.

Les deseo expresar mi gratitud a "José y Luisa" por sus invalorables contribuciones a las primeras etapas de revisiones; a Valentin por sus comentarios detallados sobre el primer borrador en español; y a mis compañeros creativos del "Gremio de Maestros" por su optimismo incansable.

También, gracias a ti, Buen(a) Lector(a), por recoger este libro. Es un gusto compartir la *joie de vivre* mientras hojeamos este relato juntos.

Y, más que todo, reboso de gratitud para Jesucristo, quien es el mejor Autor y el Narrador más gozoso del universo. Espero que experimentes Su alegría mientras te embarcas en esta aventura.

Mark "Marquitos" Miller
Los Ángeles, California, EE.UU.
marzo de 2024

ANTES DE EMPEZAR...
CÓMO PRONUNCIAR ESTOS NOMBRES

Aquí está una breve guía de pronunciación para algunos de los nombres que ocurren frecuentemente en este libro. ¡Que disfrutes de la aventura!

Galifkadori:	*ga-LIF-ca-DÓ-ri*
Alevi:	*a-LE-vi*
Bopogahuana:	*bo-PO-ga-HUÁ-na*
Míjavier:	*MÍ-ja-vier*
Yerusa:	*ye-RU-sa*
Ubuntu:	*u-BUN-tu*
Whitney:	*HUIT-nei*
Belinha:	*be-LI-ña*

CAPÍTULO UNO

Una vez, en una tierra lejana pero no *tan* lejos de aquí, había una princesa y un príncipe. Los dos eran herederos al trono del Galifkadori, la Tierra de las Uvas, y de las Toronjas (pero eso se toca más tarde).

La princesa Alevi y el príncipe Bopogahuana ("Bo" para abreviar) habitaban un castillo diseñado por su tatarabuelito, Señor Samuel el Sabio. Cuandoquiera Alevi pasaba por los muros del castillo, los ojos suyos brillaban con el mismo color que tenían las grandes piedras de granito que formaban su hogar sólido y pintoresco. Todas las ventanas y las puertas, que eran de caoba clara, casi igualaban el tono de piel y de los ojos de Bo. En la parte superior del Castillo Real se podía ver un conjunto espléndido de ónix rosado, perceptible bajo el sol o la nieve a una distancia de dos kilómetros o más.

Ahora que tenía catorce años de vida como princesa, Alevi se encontraba normalmente con una novela en la mano, mientras sus cabellos a menudo descendían hasta tocar las páginas, o tal vez de noche cuando ayudaba a su Papá—el Rey del Galifkadori—a preparar unos panecillos de mora. El príncipe Bo, un año menor (y unos centímetros más bajo) que su hermana, tenía la misma amplia sonrisa y espíritu resoluto que poseía su Mamá—la Reina.

Aunque habían visitado algunos países vecinos durante su niñez, los Hermanos Reales disfrutaban de su patria y solo habían leído de mucho del mundo exterior. Era casi como si sus vidas cómodas (y reales) simplemente *pidieran* una interrupcioncita.

Salió el sol rojizo y brillante sobre la colina, señalando la llegada del día en que el Rey emprendería un viaje. Los consejeros políticos al monarca habían planeado un viaje de dos semanas durante las cuales él iba a visitar a sus aliados afables en el Caribe, y el Rey estaba de buen humor. Antes de que se metiera en el Carruaje Real, Alevi y Bo se despidieron de su Papá dándole besos, y dijeron al unísono, "¡Esperamos que vuelva pronto!"

"No se inquieten, mis pollitos", dijo el Rey. "Volveré antes de que se den cuenta".

Así que, con su Papá de viaje y su Mamá afuera en los jardines, los Hermanos Reales estaban libres para hacer lo que quisieran esta mañana maravillosamente soleada. (Era un martes.) Primero salieron a andar en el campo al este del castillo con el reto de "captar a una mascota", lo cual parecía ser la misión actual en la vida de Bo.

Bajito y fornido, Bo tenía las piernas ágiles y fuertes, y muchas veces fue él que estuvo más cerca de alcanzar la cola de uno de los urogallos salvajes que vagaban por su extensa propiedad. La más delgada pero igual de ágil Alevi probó suerte en la caza también, pero acabó por aceptar una rana chiquita que encontró sentado al lado de la balsa ubicada en las hectáreas detrás del castillo.

"Venga ya, Alevi. Pensé que dijimos que no cuentan los sapos", dijo su hermano al secarse un poco de sudor en la frente.

"Es posible que tú lo dijeras, pero yo nunca me puse de acuerdo". Ella levantó la criatura en las manos y le dio una caricia en la cabeza. "Y además, ella es una rana, y tendrá muchos amigos con quienes jugar allá en mi cuarto".

"Ellos nomás son peluches, Manita. Y las ranas son aburridas. Quiero tener en las manos un ave viva, ¡o una mangosta!"

La princesa se encogió los hombros. "Bueno, Señor Dramático. Que sigas corriendo tras aquellas bestias salvajes, y yo disfrutaré un tecito con mi ranita favorita. Ella es tan—"

En ese instante, la rana soltó de su mano entreabierto y con un chapoteo se metió en las aguas turbias de la balsa.

"¿Vieras?" dijo Bo. "Ya se fue tu mascota. Así te olvidas el tecito".

"Pues, ya va a volver. Tú verás".

"Bueno, lo único que quiero ver ahorita es un poquito de comida. Ya me muero de hambre después de tanta caza".

"Ay, ánimo, mijo", dijo Alevi. "¿Apenas son las once y ya dices que te mueres de hambre?"

"Oye, si no me crees, yo me voy solito a agarrar comida. Ya debe haber algunas guayabas maduras en el jardín norte, ¿verdad?"

"Sí, pero Mamá dijo que no se nos permite estar en sus jardines hasta 'el momento adecuado'", dijo Alevi haciendo comillas con los dedos.

"Bien. Tengo una mejor idea. Nomás me meto al jardín del vecino Estuardo y recojo unas uvitas".

"*¡Que no! ¿El vecino Estuardo?*

¡Es más peligroso que un dardo!"

A ti, Hermanito, a ti te guardo", dijo Alevi según su manera natural de echarse espontáneamente a rimar, o cantar, o de vez en cuando *rapear*.

"*Las estrofas que tú estofas*

Son palabras locas.

¡Comamos uvas aunque sean pocas!", respondió Bo, tan persistente como siempre.

"Pues, no te voy a dejar ir solito", su hermana dijo con mucha hermandad. "Hay que apoyarse".

"Como quieras, Manita".

Y se pusieron en marcha—no muy rápido, pues tenían que asegurarse de que la Reina no detectara estas actividades subversivas. Yendo a hurtadillas, Bo y Alevi se deslizaban por el trasero del castillo y seguían las sombras por las murallas. Escuchaban a su Mamá tararear en el jardín de tulipanes y romero a pocos pies de distancia.

"Hay que tener mucho cuidado", susurró Alevi. Bo contestó tan bajito que su hermana no podía oír ni una sola palabrita.

"¿Cómo?" dijo ella en un susurro un poquito más alto.

"Yo *dije*", susurró Bo, "que tienes razón".

"Ah, ya", susurró ella un poquito más bajito.

Las tarareadas de su Mamá se unían hermosamente con los trinos llovidos desde arriba por los arrendajos azules y golondrinos castaños. En otra época del año, quizás se preocuparían los Hermanos Reales de pisar demasiadas hojitas súpercrujientes en el suelo, pero afortunadamente ya era la primavera, y cualquier hoja que pisaran era demasiado verde y llena de vida para hacer cualquier ruido detestable que revelara dónde estaban. Dentro de unos minutitos, ellos habían pasado por los jardines de su Mamá y por fin podían volver a correr—sigilosamente, se pudiera añadir—hacia la propiedad extraoficialmente prohibida del único vecino, Estuardo.

El vecino Estuardo era un personaje peculiar. Vivía en una casa chiquita que se hallaba a unos cientos de metros al oeste del Castillo Real, pero cualquier vistazo de ella estaba completamente bloqueado por unos pinos grandes y gruesos aparentemente plantados para crear una barrera viva entre las propiedades. La única vista de la casita que los Hermanos Reales habían obtenido era desde el ápice rosado del castillo, y aun así se tenían que parar en la punta de sus pies.

De todos modos, Estuardo solo parecía salir de su casa en raras ocasiones. Las pocas veces que lo detectaron deambulando, la princesa Alevi y el príncipe Bo no pudieron evitar mirar el cabello desaliñado y la cara medio rasurada del vecino. En cuanto lo veían, el vecino Estuardo siempre se miraba demacrado y un poco de mal humor, pero aparte de eso, no estaba claro si él tuviera poco más de cuarenta años o poco menos de sesenta.

Hacía unos años que un "incidente" desafortunado había marcado su propiedad oficialmente fuera de los límites, en lo que respectaba a Alevi y Bo. Según los Registros Reales, cuando el príncipe "perdió" el osito de peluche favorito de su

hermana (es decir, lo arrojó sobre los árboles en el patio del vecino), se produjeron más problemas de lo que Bo hubiera podido prever. Después de su vuelo a la propiedad del vecino Estuardo, el osito de alguna manera se incrustó en el laberinto de vides y malas hierbas del jardín, el cual tuvo que sufrir una feroz "inspección" por los Jardineros Reales (es decir, tuvieron que desenterrar todo el jardín antes de encontrar el preciado juguete de la princesa).

Por lo tanto, el Rey y la Reina hicieron un acuerdo amistoso con su vecino enfurecido, a quien le compensaron generosamente por la pérdida, y prometieron que los Hermanos Reales no violarían la privacidad de él nunca más.

Entonces, cuando se acercaban el atrevido Bo y la forzadamente atrevida Alevi a la cerca viviente de pinos del vecino, los dos se llenaron de asombro y curiosidad. Pero lo más importante de todo, el estómago de Bo aún no estaba lleno de *nada*, así que él fue el primero a ponerse de manos y rodillas y arrastrarse debajo de las ramas bajas para llegar al otro lado del espinoso perímetro de pino. Siguió Alevi, y cuando los dos se hubieron levantado del suelo, se encontraban mirando una cabañita chiquita. Medía unos tres metros de ancho y cuatro de largo. "¿Cómo podría vivir alguien *ahí*?" dijo Alevi en un grito susurrante.

"No sé, pero quiero echar un vistazo adentro", susurró Bo en respuesta.

"Este, no estoy segura, Bopogahuana".

"Vamos, Hermana. No es gran cosa".

"Pero Mami y Papi dicen que no entremos aquí porque—"

"Ya, ya. Les escuché tantas veces como tú, Alevi. Creo que ellos son un poco demasiado tímidos para tomar un riesguito. Vente, miremos adentro".

Al olvidar temporalmente su antojo para uvas, el príncipe Bopogahuana se acercó pulgada a pulgada al lado de la cabaña. No había ninguna ventana en la chocita de madera, así que Bo supuso que solo tenía una opción: abrir la puerta principal.

"Espérate un momentito, Bo. Probablemente no es una buena idea hacer eso. ¿Qué pasa si el vecino Estuardo está ahí dormido o algo?"

"Dormido, flormido. Yo abro esta puerta".

Bo puso una mano en el pomo de la puerta y sintió que estaba abierta. "Ahí vamos", susurró. Con un *chirrido* y un *chirridito*, la puerta abrió, y… el mundo se volvió oscuro.

CAPÍTULO DOS

Lo siguiente que supo, Bo se encontraba echado en la parte inferior de un carruaje cerrado que emanaba el olor acre del atún recién pescado. Él estaba debajo de algún tipo de tejido pesado que cedía suficiente para dejar entrar un poco de aire en su

capullo infestado del olor a mariscos. Sus manos estaban atadas, pero sus pies libres. En cuanto pudiera comprender, sus únicos compañeros allí eran los apestosos animales acuáticos que se iban a presentar en el plato de cena de alguna persona (tarde o temprano).

Alevi no se encontraba en ninguna parte. Bo se sacudía para arriba y para abajo mientras iba el carruaje acelerándose de repente y luego desacelerándose—

acelerándose, y desacelerándose. Él estaba cansado, confundido y, lo peor de todo, con hambre de uvas.

Luz brillante. Fuego crepitante. El son del violín. Alevi abrió los ojos y se puso a captar la escena: En lugar de estar en el pasto algo familiar aún misterioso de su vecino, la princesa ya estaba recostada en el pedacito de un tronco de árbol durante la parte de la noche cuando el aire se vuelve fresco y el fuego agradable.

Había allí una cuadrilla de extranjeros alrededor de ella, y parecía que la estaban pasando bastante bien. Se reían, bailaban, tocaban el violín y la pandereta, tomaban jugos de mora silvestre, comían piernas de pavo (o urogallo), y jugaban juegos de adivinanzas que no tenían ningún objetivo claro aparte de tener una risa calurosa.

El instante en que Alevi se movió y gimió un poquito (ya que había estado inconsciente por unas siete horas, más o menos), todas las veintiuna personas de la compañía la miraron, se miraron uno al otro, se sonrieron, y luego gritaron "¡Viva!" Se echaron a cantar y bailar y tomar jugo de mora y comer piernas de urogallo de nuevo por unos minutos, cuando por fin Alevi cobró la fuerza de decir, "¿Qué hago aquí?"

Un hombre de pelo moreno y de unos veinte años se volvió hacia ella y dijo en el tono más despreocupado imaginable, "Anda, tú estás en una fiesta, naturalmente". Entonces él levantó su vaso de jugo rojísimo, gritó algo que Alevi no pudo entender, y luego bajó el vaso en un solo trago.

La princesa Alevi pensó que los demás continuarían su celebración cordial para siempre, pero muy pronto, un señor de cabello gris caminó hacia ella y los demás se pusieron más tranquilos (aunque seguían soltando unas risitas de vez en cuando).

"Saludos de paz", dijo el señor, tomando la mano de Alevi entre las suyas. "Nos alegramos de ver que tú estás bien". El señor se sonrió y todavía tenía la mano de ella entre las suyas.

"Ah, sí, me alegro también", dijo la princesa, un poco insegura. "¿Quiénes, este, exactamente *son* ustedes?"

"Yo soy—o debiera decir, nosotros somos el Clan de la Loma".

La Loma, donde la gente hace la broma, pensó Alevi al traer a la memoria el capítulo que había leído en la Guía Real de Elementos Extranjeros que hablaba de la famosa Loma Lejana de Lunavegas.

"Yo, este… Bueno, digo… Ustedes son tan…"

Huelga explicar cómo Alevi no tenía palabras en ese instante, el señor del cabello gris contestó, "No te calientes tu cabecita, muchachita. Nosotros ya cuidamos de ti".

Los otros veinte dieron un gran "¡Viva!" y se brindaron a la salud y se comieron unos bocados de comida antes de volver a ponerse (relativamente) tranquilos.

"No quiero ser grosera, señor, pero pensé que el Clan de la Loma eran navegantes", dijo Alevi.

"Los únicos 'navegantes' que encontrarás aquí somos los 'lunavegantes' frente de ti", dijo el señor amablemente, seguido por unas risillas y murmullos de "lunavegantes, muy bien".

"Simplemente somos viajeros, mija", dijo una señora de pelo largo, probablemente una madre, quien se acercó a Alevi y puso un brazo alrededor de ella. "Somos de la Loma de Lunavegas justo como adivinaste".

Un joven con mejillas sonrosadas vino a ofrecerle un vaso del jugo de color extremamente rojo, y Alevi, como la muchacha cortés que así se crio (y como la compañera jovial que ya se hizo), tomó el vaso con un agradecimiento, el cual pronto se convirtió en un "¡Viva!" genuino.

La cuadrilla entera no podía ponerse harta del entusiasmo de su nueva parcera y por consecuencia se unieron al club de "¡Vivas!" que ellos habían iniciado en primer lugar. Sus voces se hacían más altas y exuberantes con cada segundo que pasaba. La princesa Alevi se sirvió más de la bebida y empezó a bailar con la señora maternal Yerusa y el jovencito de mejillas sonrosadas, quien se introdujo como "Heraldo, para servirte".

Vapor ascendente. Las arenas del desierto luchando por respirar mientras los torrentes frescos se derraman sobre la superficie seca y agrietada. Refrescante.

Así se sentía el príncipe Bo mientras tragaba agua fría después de lo que le parecía una semana sin beber (en realidad solo eran siete horas, no días). Con las manos juntas por fuerza, él puso el vaso vacío en el suelo debajo de él y miró al alrededor suyo, solo para ver nada conocido.

Aparte del olor del atún ya no recién pescado, la nariz de Bo podía percibir el aroma distinto de jacinto, un tesoro típico en los jardines de su Mamá. Sin observar exactamente de dónde venía ese olor agradable—y él sabía exactamente de donde venía el olor *no tan agradable*—Bo se dio cuenta de que estaba al lado de un camino de tierra en lo alto de una cresta montañosa. ¿Sería la Montaña Crestuva que había visto a lo lejísimo? ¿O quizá la Cresta del Mirto, famosa por sus pistas de esquí con muchísimas colinas? En unos meros momentos ya se enteró.

"Mmm, ¿la Cresta del Mirto, eh? No conozco estos rumbos para nada… Ah, todo saldrá bastante bien… Que no, el jefe va a querer que el chavo se mantenga intacto…"

Así oyó Bo la conversación que su aparente captor tenía consigo mismo al andar al lado del camino por algunos minutos.

¿Por qué me llevarían estos gamberros a la Cresta del Mirto? Bo pensó para sí. *¿Y qué pasó con mi Hermana? ¿Y el vecino Estuardo?* Bo no tenía mucho más tiempo para hacerse estas preguntas abiertas porque el "gamberro" ya terminó su monólogo y se le acercó al príncipe pavoneándose.

"Ya, muchacho. Levántate", dijo el captor con cara rígida.

Ya harto de la situación, Bo se puso a bombardearle con preguntas: "¿Quiénes *son* ustedes gamberros? ¿Qué hacemos aquí? ¿Cuál es su nombre? ¿Con quién hablaba? ¿Tiene uvas?"

Algo sorprendido por la actitud del muchacho, el gamberro-captor lo miró a secas y dijo, "Solo estoy cumpliendo órdenes, chiquillo. Levántate ya y sígueme".

Aunque Bo ni sentía las ganas más pequeñas de seguirle, cuando el hombre hosco sacó un garrote, Bo sintió que ya no tuviera otra opción. "Bien. ¿Adónde vamos?"

El gamberro empezó a caminar hacia el bosque y sobre el hombro comentó, "Ya lo descubrirás, muchachito".

Al despertar la princesa Alevi sintió la luz del sol subiendo despacio sobre las copitas de los árboles hasta caer sobre su cara contenta y descansada. Notó el sabor leve de menta en la boca, lo cual era raro en vista de que no había llevado consigo su cepillo de dientes para este viaje imprevisto y ciertamente no deseado. Olía el aroma de tocino flotando en al aire, y cuando se volvió (pues había dormido en frente de un arroyito), vio que la cuadrilla de viajeros estaba preparando el desayuno—de hecho, bien callados. La princesa caminó hacia sus veintiún amigos nuevos y les preguntó por qué todos estaban tan callados.

"¿No lo sabes, mija?" dijo Míjavier (el viejito con cabello gris). "A nosotros los de la Loma nos gusta tener variedad, todos los días. Hasta el punto de que nos gusta hablar suavemente por la mañana"—a ella le parecían susurros—"y gritar y cantar por la noche." Alevi sí creía *eso* muy bien.

"Qué agradable", contestó la princesa, mientras pensaba, *¡Qué grupo de extranjeros más extraños!*

"Es que simplemente somos así, mija", dijo Míjavier al poner un poco del tocino humado encima de su plato. En realidad, ese plato era para Alevi.

"Bueno, gracias, Míjavier", dijo Alevi. "Uyyy, este tocino está perfecto. ¿Cómo se preparó?"

"Eso, mija, es un secreto solamente conocido en la Loma. Yo mismo apenas lo conozco, ¡y yo *soy* de allí!" Míjavier se rio entre dientes, mirando a los demás, y luego metió en la boca un pedacito del tocino preparado en secreto.

"Pero no tiene sentido", dijo Alevi.

"Ah, pero *sí* tiene sentido", se unió Heraldo. "Con este aroma él tiene un *buen sentido* de olfato. ¡Solo huélelo!"

"¡Viva!" gritaron los veinte, con voz algo baja.

"Bueno, así es la cosa", dijo la princesa entre risillas.

Después de deshacer su ayuno por completo, el grupo, junto con Alevi, recogieron sus cosas y comenzaron a montarse en sus caballos, que habían estado pastando cerquita durante todo este tiempo. Al acordarse de que no estaba en casa, Alevi preguntó, "¿Cómo me encontraron ustedes en primer lugar?"

"Pues, mija", contestó Míjavier. "Esa es una pregunta maravillosa. ¿Te gustaría intentar adivinar la respuesta?"

"En realidad no…"

"Bueno, muy bien. Entonces aquí está la respuesta. Ayer por la tarde cabalgábamos por los cerritos no muy lejos del Castillo Real por allá", Míjavier dijo, apuntando hacia lo lejos detrás de Alevi. "Y oímos un estruendo terrible que venía desde la carretera principal que sigue desde el castillo hasta la ciudad. Bueno, aunque no somos de acá, lo consideramos muy extraño que hubiera tanta conmoción en un camino tan real. Así que fuimos hasta el Camino Real para ver qué pasaba.

"Para nuestra sorpresa, vimos un viejo carruaje desvencijado que se paraba al lado del camino, junto a una cuneta. El conductor se veía muy enojado mientras trataba de arreglar las ruedas de en frente. En la parte inferior de la camioneta, vimos a un muchacho, quien parecía estar desmayado—de pronto por el horrible olor a atún, no estamos seguros. Y a ti te vimos allí desmayada también, y pensamos que no podíamos dejar a estos jovencitos quedarse tirados allí, así todos indefensos.

"El momento en que entramos en la escena, los caballos comenzaron a relinchar intensamente, lo cual no los despertó a ustedes dos, así que pensamos que debía haber gato encerrado aquí. Entonces cabalgué hacia la parte trasera del carruaje y te recogí, mija, de la tumba de atún. Y Whitney aquí estaba por agarrar a ese pobrecito en sus brazos, pero el conductor ya estaba de vuelta a las riendas e inmediatamente sacudió a sus caballos a correr a toda velocidad. Se dirigían directo para la Cresta del Mirto cuando los perdimos de vista cerca del río".

Whitney, una joven de diecinueve años y de pelo rojizo-ardiente, miró a Alevi con la sinceridad en la cara. "Pero te recogimos a *ti*, señorita", dijo ella con una pequeña sonrisa.

"Ése… ése era mi hermano", dijo Alevi, los ojos muy abiertos a la vez por la preocupación y la gratitud.

"¡Tu *hermano*!" dijo Míjavier. "Entonces hay que salvarlo, mija".

"Sí, lo salvaremos sin duda", Whitney se puso de acuerdo con fuego en los ojos.

"No te preocupes, hijita. Lo encontraremos. Tú verás", añadió Yerusa.

Los otros dieciocho metieron baza hablando de varias palabras de aliento y celo, y Alevi les creyó. "Hay que hacerlo", dijo Alevi. "No sé qué haríamos sin Bo".

"¿Quieres decir… Bo, o sea *el príncipe* Bo? ¿O sea el príncipe Bopogahuana?" dijo Yerusa, mirando directamente a los ojos de Alevi.

"Pues, claro. ¿Quién más puede ser?"

Aunque el grupo entero habían estado mirándola antes, al escuchar eso ninguno de los veintiuno pudo dejar de mirarla fijamente.

"¡Un príncipe!" dijo Floren, un señor redondo de cabellos castaños y rizados.

"¡Eso significa que ella es una princesa!" exclamó Beatriz, una señora de unos treinta años y de pelo rubio oscuro.

"Ella debe ser—"

"¡Es la princesa Alevi!" dijo Heraldo.

Entonces la compañía entera se echó a gritar un gran "¡Viva!" que hizo que perdieran esplendor todos los "¡Vivas!" anteriores que se habían hecho de noche.

"¿Por qué no nos lo dijiste, mija?" preguntó Míjavier, con una mirada de abuelo en los ojos y con un brillito del sol sobre el cabello canoso.

"Pues, por la manera en que me trataban todos ustedes, pensé que ya lo sabían", dijo Alevi.

"Sencillamente nos alegrábamos de ayudar a alguien necesitado", respondió él. "Pero ahora que sabemos quién eres tú de verdad, no has visto *nada* todavía".

CAPÍTULO TRES

Al abrir un par de ojos pesados, lo único que Bo podía sentir era un par de piernas doloridas. Él había hecho lo que pocos príncipes rara vez se habían aventurado (o sido forzados) a hacer: Escaló la Cresta del Mirto a pie.

Cada invierno esta pista de esquí legendaria atraía a los turistas de todas las regiones del Galifkadori, y de muchos países más allá. Cualquier visitante normal de esta cresta ridículamente alta y accidentada ascendía sus alturas montado a caballo.

Desafortunadamente, Bo no era un visitante normal y tuvo que pisar el terreno empinado, pie a pie, aguijado por un captor con un garrote.

Cuando el sol se puso más allá del horizonte de primavera, el príncipe y el gamberro ya se hubieron llegado—y al instante desplomado—al pie de un chalé vacío que se destacaba desde la cima de la Cresta del Mirto. Un señor perfumado de colonia que llevaba una camisa de etiqueta ajustada y pasada de moda, se fijó en sus dos visitantes esperados que estaban echados en frente del edificio y los arrastró a dos habitaciones separadas en el pabellón de arriba.

Fue allí, en una cama mullida con *demasiadas* almohadas, donde se despertó el príncipe Bo. Todavía esposado, el hermano real soltó un gemidito dándose cuenta de la intensidad de la "excursión" extendida del día anterior. En cuanto salió el gemido de su boca, apareció una cabeza en la puerta, revelando una mata despeinada de cabello canosito, una nariz prominente, unos labios inusualmente gruesos, y una cara distintamente medio rasurada.

Bo ya estaba cara a cara con el vecino Estuardo. Los ojos de Bo se pusieron más grandes y no podía dejar de mirar a su captor peculiar. Aunque podría haber mirado fijamente esa cara fenomenalmente fascinante por mucho más tiempo, el príncipe Bo finalmente llenó el aire libre con palabras poéticas en lugar de una mirada fijada:

"Oh, vecino extraño, bizarro Estú,

¿qué estás tramando? ¡Dímelo tú!

Los planes que tienes huelen a pupú.

¡Dondequiera estés se oye el cucú!"

Con un dejo de arrogancia en la voz, el vecino extraño contestó las acusaciones bruscas de Bo:

"¿La culpa? ¿La culpa? ¡No es mía!

Yo estoy llenísimo de cortesía.

¿Por qué escuchar lo que se decía?

¡Por fin se desarrollará mi plan!"

Por lo visto, el vecino "Estú" estaba tan absorto en el plan malvado que habían estado urdiendo, que no notó el desliz que hizo en la última línea de su poema mal maquinado. *Lo sabía*, Bo pensó. *El vecino Estuardo es un malo después de todo. Solo es lógico que él haya tratado de esconderse en su cabañita todo el tiempo.*

En ese instante, entró en la habitación el gamberro que había caminado la pista montañosa. Pero ya no tenía en la mano el arma—solo un racimo de uvas maravillosamente maduras, muy bien colocado en un plato de platino.

"¿Quería uvas, jefe?" se quejó el gamberro todavía dolorido.

"*Sssí*, las quería", dijo el jefe.

El vecino Estuardo alcanzó el plato chapado en platino, agarró un puñado de uvas verdes, y las dejó caer en su boca, despacio, una tras otra.

¿Qué cree hacer?, pensó el príncipe. *He tenido antojo de uvas por tanto tiempo, ¡y ahora él está comiéndoselas delante de mí! Nosotros ni siquiera estamos en la Montaña Crestuva.* Algo como un refunfuño se escapó de la boca de Bo, sobresaltando al gamberro pero solo divirtiendo al jefe.

"Ah, es que debe de tener hambre el cachorrito", dijo el vecino Estuardo. "Dale la comida especial, Crútalo".

"Sí, jefe", contestó Crútalo, quien salió del cuarto y regresó rápido con un platito cubierto con una tapa oxidada. "Aquí está".

"Destápalo, príncipe *joven*", dijo el vecino peculiar al hacer un gesto a la vasija oxidada. Sin demasiada convicción, el príncipe Bo lo destapó y luego lo volvió a cerrar de golpe. El plato olía a atún.

La última vez que la princesa Alevi hizo el canotaje, tuvo el lujo de disfrutar de una gran canoa morada que no solo los contenía a ella, Bo, Mamá, y Papá, sino a tres guardias reales que eran navegantes muy expertos también. Hoy, sin embargo, la Hermana Real estaba limitada a una canoa chiquita construida por la compañía de la Loma. Aunque se sentía un poco aplastada, sabía que estaba segura en las manos de sus compañeros. Después de todo, sus manos eran bastante fuertes, y calurosas también.

Yerusa se sentaba detrás de la princesa con los brazos alrededor de ella, así formando un escudo humano contra las salpicaduras del río tempestuoso. Otro jovencito de trece años, Geribaldo, se sentaba delante de Alevi, con un chaleco salvavidas entre ellos.

Aunque la tarea de Geribaldo era llevarlas seguras a través de las olas rebeldes, Alevi se fijó en que cada par de minutos él se ponía de pie y salpicaba las manos en el agua (haciendo la canoa un poco menos estable que antes).

"¿Podrías quedarte quieto por un solo momento?" dijo Alevi.

"¡Jajá, jejé!" fue la sola respuesta.

"¡Oye! ¿Sí me escuchaste?" gritó Alevi.

"¡Jejéy, jajá!"

Alevi dobló la cabeza para hablar a su escudo humano y dijo, "¿Qué le pasa, Yerusa?"

"Oh, solo es que va disfrutando del río. Este Geribaldo es un gran chico. Pero cuando llega al río, él parece dejarse llevar por ello".

Alevi estaba por cuestionar la lógica de Yerusa, pero antes de que pudiera, sus

ojos vieron algo a poca distancia.

"¿Qué es *eso*?" exclamó.

"Es el Montículo de Maravillas", dijo Heraldo con alegría desde atrás en otra canoa.

Mientras miraba río abajo, Alevi veía la docena de canoas amarrarse en el Montículo de Maravillas, una isleta chiquita en medio del río. Míjavier fue uno de los primeros que aterrizaron su canoa, la que compartía con Whitney. El pelo plateado de Míjavier rielaba en la luz del sol, y le saludaba a la princesa con la mano de una manera entusiástica y caballerosa. Tan pronto como Alevi, Yerusa, y Geribaldo pusieron sus pies en la orilla, ya estaban plantados entre cientos de maravillas brillantemente florecientes.

"Mira, mija", dijo Míjavier guiñando el ojo. "¿Qué te parece?"

"Las flores están bonitas", dijo Alevi. "¿Quién las sembró? ¿Y qué hacemos aquí?"

"Nuestros amigos del bosque las sembraron", dijo Geribaldo, todavía emocionado por el paseo de canotaje en el río.

"Cuandoquiera andemos por estos rumbos", Yerusa metió la cuchara, "nos encanta pasarnos por las maravillas para almorzar y gozar de la belleza. Hoy resultó muy bien que estaban en camino hacia la Cresta del Mirto".

"¿Pero qué vamos a comer?" preguntó Alevi.

Justo cuando dijo eso, Míjavier descorrió un arbusto de majestuosas maravillas dejándole ver el centro de la isleta, donde una colmena de abejas gigantesca emitía un *zzzzzumbido* previamente contenido. Varias filitas de abejas volaban aquí y allá zumbando, y una figura esbelta que lucía una camiseta celeste se movía arriba y abajo entre ellos. Era un señor rubio de rostro recién rasurado y ojos tranquilos que coincidían con el color de la camiseta y que le recordaban a Alevi el río.

No lo comprendo, se dijo la princesa. *Mamá siempre decía que a las abejas no les gustan las maravillas, ¡pero aquí hay la colmena más grande que jamás haya visto!*

El señor de celeste abrazó a Míjavier y a las otras veinte personas en el grupo y luego concentró la atención en la invitada real. "¿Cómo está usted, Princesa mía?" dijo al arrodillarse.

"Estoy muy bien, señor", contestó Alevi. Ahora estaba a la altura de los ojos suyos ya que él estaba arrodillado. "¿Quién es usted?"

"Abel Jarros, a su servicio". Él tomó una breve pausa sintiendo la brisa y escuchando a las abejas. "Mis amigos acá me dicen que usted es la princesa Alevi. Es un gustazo conocerla finalmente". Volvió a detenerse, miró alrededor a las abejas, y luego continuó: "Soy el colmenero de estas abejas… Es más como un deber que un trabajo".

"¿Cómo así?"

"Quiero decir que lo considero mi deber vivir aquí y proteger y plantar y nutrir la naturaleza alrededor de mí. Las maravillas y las abejillas que usted ve aquí simplemente son mi parte favorita", dijo Abel con los ojos brillantes.

"Pero siempre pensé que a las abejas no les gustan las maravillas".

"Eso es lo que creen muchas personas, y muchas de ellas tienen razón. Pero eso no significa que *estas* maravillas no puedan gustarles a *estas* abejas". Él hizo una pausa señalando con el dedo hacia los insectos y las flores en su alrededor. "Ya lo ve, yo quería disfrutar de las dos en el mismo lugar, así que simplemente tomé el tiempo para enseñarles a las abejas a comportarse bien alrededor de las maravillas".

Alevi reflexionó sobre la sencillez en las explicaciones de Abel. *¿Cómo puede ser tan fácil?*, se preguntó.

Como si hubiera escuchado los pensamientos de ella (o por lo menos los dedujo por la mirada en su cara), Abel contestó, "Yo hago lo que hago para disfrutar de la naturaleza. Tomó mucho tiempo enseñar a las abejas, pero cada día y cada paso en el camino bien valían la pena".

Entonces Abel se puso de pie y Míjavier gritó, "¿Quién tiene hambre de miel?"

El grupo soltó un gran "¡Viva!" y Abel les dio a todos un tazón de madera con pedazos de pan integral, manzanas en rodajas, y almendras molidas. Él y Míjavier luego tomaron tres cálices llenos hasta el borde con miel y derramaron la salsa suculenta en los tazones. "¡Viva!" gritó el grupo. "¡Viva! ¡Viva! …"

"¿Negativa?" fue la reacción real que venía de la Reina cuando escuchó de su hermana que "los queriditos" de hecho *no* estaban quedándose a dormir en la casa de su "tita".

"Pero Cristelina, pensé que tú habías llevado a mi bendito Bo y amable Alevi a tu casa para una de tus noches improvisadas de arrebatar a los niños para leer novelas. Si ellos no están contigo, ¿por dónde podrán estar?"

Cristelina no sabía con seguridad, y ya que no estaba preocupada ni un poquito, solo hablaba con su hermana sobre la receta de un postre de ganache de uva que había hecho para Bo no hacía mucho tiempo. Molestada por la complacencia de su hermana y aburrida por la receta no casera, la Reina rápidamente terminó la conversación (real y educadamente, por supuesto) y salió del hogar de su hermana.

Inmediatamente llamó a los Guardias Reales y les dijo, "¡Convoquen a los funcionarios principales! ¡Junten a la caballería! Díganles a los alcaldes de todos los pueblitos y ciudades grandes: ¡desaparecieron mis queriditos!"

"Sí, estimada Reina", contestaron los guardias. "Nosotros sin duda los encontraremos".

"Nadie te va a encontrar nunca", dijo el vecino Estuardo. "Es mejor que te rindas, y que cedas a mis deseos".

Después de algunas horas de escuchar amenazas parecidas, el príncipe Bo quedó harto. Todavía le dolían las piernas, y su estómago seguía con hambre de uvas. Durante todo este tiempo, mientras escuchaba a medias las declaraciones vagas y dispersas del captor sobre la obtención de un rescate, Bo pensaba en cómo escaparse. La puerta estaba constantemente vigilada por Crútalo, y al dar un toquecito debajo de la cama, Bo no detectó ninguna trampilla oculta como las que había leído en los libros de aventuras. Las ventanas de la habitación, sin embargo, ya estaban entreabiertas.

Si escojo el momento oportuno, creo que podré salir por esa grande, Bo pensó. No sabía qué había debajo del antepecho—si de veras hubiera algo—pero se daba cuenta de que no podría quedarse encerrado en este lugar tan bonito en que actualmente habitaban dos adultos tan locos.

Entonces con los ojos llenos de determinación (pero no demasiada, en caso de que sospecharan algo sus captores), el príncipe Bo situó las piernas en el lugar adecuado al lado de la cama esperando el momento para salir corriendo hacia la libertad. En aquel instante, el vecino Estuardo se volvió hacia Crútalo para decir algo sobre la cena, y Bo se fue.

Alcanzó la ventana y la empujó completamente abierta. No tenía tiempo para mirar atrás ni adelante. Se tiró.

Alevi tiró la canoa al agua y se metió de nuevo. Se puso cómoda, y al despedirse del colmenero querido, los veintidós viajeros se fueron. A la princesa no le molestaban las payasadas de Geribaldo esta vez ya que su estómago estaba satisfecho con la dulce bondad de miel. Yerusa estaba de vuelta en su puesto formando un escudo humano para la espalda de Alevi. La corriente ya parecía arrastrarlos río abajo con mucha más velocidad, y en poco tiempo Alevi vio a Míjavier y los otros anclar sus canoas en un puerto pacífico ubicado al lado de un llano pastoso.

Entonces ella se fijó en los caballos de la cuadrilla. Aparentemente ellos habían estado siguiendo el grupo por el río por toda la tarde, y según decía Floren, aun se habían pasado por el Montículo de Maravillas para probar un poco de la salsa suculenta también.

"Vente, mija", Míjavier le dijo a Alevi. "¡Súbete a este caballito aquí!"

Aunque Alevi no había montado en un caballo de nadie más (solo conocía a los Corceles Reales del Establo Real), ella fue adelante y subió a ese "caballito" pintado que recomendó Míjavier. El caballo relinchó mientras la princesa se situaba en la silla, y afortunadamente se sentía a gusto mientras comenzaban a andar sobre la extensión de pastos delante de ellos.

"Se ve como el Territorio de Perros Zorreros", dijo Alevi mirando alrededor.

"Cierto que sí", contestó Yerusa.

"Los campos están mucho más amplios en persona… No se les parecen a los dibujos en la enciclopedia".

"Algunas cosas, simplemente tenés que verlas vos misma, botoncito de oro mío".

La expresión de cariño de Yerusa recordaba a Alevi a su Mamá. *¿Qué estará pensando?*, se preguntó Alevi. *Ya es el segundo día en que no estamos en casa, y ella probablemente no tiene ni la más mínima idea de dónde estamos. Espero que esté bien.*

La pandilla de la Loma pasó por una arboleda de limoneros, seguida de una huerta de naranjas. Los caballos atravesaban la llanura rápida pero suavemente, y muy pronto Míjavier gritó que ya estaban cerca de "la Base". Whitney contestó con un gritito alegre; sus cabellos castaños rojizos contrastaban maravillosamente con las praderas verdes y vibrantes a su lado. Los otros parecían ponerse más alegres que lo normal, lo que hizo que Alevi rebosara de ilusión de qué estaría adelante.

Justo cuando la compañía estaba a punto de hacer una curva alrededor de un terreno rocoso en la frontera del llano, aparecieron de la nada seis zorros rabiosos que asustaron a los caballos. Unos jinetes soltaron un grito (algunos por miedo, otros para advertir a los demás), y los veintidós se comenzaron a dispersar.

Míjavier fue rápido al lado de Alevi dirigiendo a su caballito directo, a pesar de la zalagarda de los zorros. Se juntaron Yerusa y Beatriz, e intentaron parar a las bestias. Dos zorros parecían intimidados por la retaliación inesperada y vacilaron. Los otros, no obstante, habían atrapado a Heraldo entre una roca grandísima y sus dientes feroces y colas curvadas.

"Mantén tu posición, querido Heraldo", gritó Míjavier.

De repente el mayor de los zorros atacó al caballo de Heraldo, el cual soltó un grito de dolor al sentir las garras del zorro pegar las patas delanteras. Antes de que Heraldo pudiera reaccionar, una figura saltó desde encima de la roca con un látigo en la mano, y tumbó a los zorros con un frenesí de *chasquidos* tan rápidos como relámpagos.

Era Geribaldo, apretando los dientes y dando vueltas como un torbellino de energía. Tres zorros ya estaban heridos y cedieron campo. Dos todavía intentaban mordisquear el caballo de Heraldo, pero Míjavier pronto vino con Whitney y los pegaron con unas rocas.

El único enemigo que quedaba era el zorro grande, ya marcado con una herida bajo el ojo derecho. Geribaldo lo miró directamente a la cara y no se lo pensó dos veces—giró pegándole de lleno en la cara con la punta de su látigo. El cuerpo grande del zorro se desplomó en medio de la hierba, y huyeron los otros cinco.

Míjavier arrastró al enemigo animal lejos del grupo, el cual ya gritaba "¡Viva!" muy alto, y Alevi soltó un suspiro de alivio. Geribaldo le dio a Heraldo un abrazo gigantesco, lo cual los llevó a un gran festival de risas y lágrimas gozosas. Yerusa inspeccionó las heridas de los caballos y empezó a desinfectarlas con los pocos vendajes que los veintidós entonces tenían disponibles.

Whitney pasó por la princesa y preguntó, "¿Qué opinas de *eso*?"

Francamente, Alevi nunca había estado cerca de los zorros salvajes jamás, así que se asustó muchísimo por el encuentro. Pero al comenzar a darse cuenta de que todo el mundo estaba bien, y al ver la sonrisa amplia de Whitney junto con sus ojos brillantes que reflejaban su cabello ardiente, Alevi se animó y solo dijo, "Eso fue una maravilla".

CAPÍTULO CUATRO

Sus cabellos castaños y rizados se movían con la brisa que soplaba sobre la balconea del tercer piso. Con una vista del paisaje urbano y de las villas circundantes, él se bañaba en la luz resplandeciente de la tarde y miraba las praderas brillantes en la lejanía. Su mano izquierda pasó rozando la parte trasera de su espada ocultada en la vaina, y empezó a pensar en las batallas ganadas en las décadas pasadas.

Nunca ha sido la misma esta tierra desde aquellos días, caviló. *Todo parece como si pasara ayer…*

"Un mensaje para Vuestra Merced". Al dejar caer un guijarro metafórico al agua de la mente del hidalgo, la voz de un siervo se atravesó en el silencio de la tarde.

"Ah, sí. Gracias, compañero", contestó el hidalgo al tomar en las manos el pergamino. Mientras comenzaba a desplegar la carta, notó la insignia real sellada en el pliegue interior del papel. *Algo debe de pasar*, pensó. *Hace siglos que no recibo una carta de mi hermano.*

Durante la tarde fresca encima de la Cresta del Mirto, la vida de un príncipe joven estaba pendiendo de un hilo. Literalmente.

El príncipe Bopogahuana estaba colgando desde el segundo piso del renombrado hotel de esquí, pues la parte trasera de su túnica se había enganchado en un gancho que originalmente se instaló justamente afuera del antepecho para sostener la bandera nacional del Galifkadori durante los meses invernales. Ya que el chalé cerró las puertas al inicio de la primavera, el peso del príncipe colgante fue lo más que aquel gancho había sostenido en un rato.

Bo intentó alcanzar una pequeña repisa en la parte superior de la ventana del primer piso, pero sus movimientos entrecortados solo hacían que se rasgara su camisa más en la dirección opuesta.

Sus oídos reales oyeron unos gritos que venían del cuarto de donde acababa de arrojarse: "¡Se tiró! Yo lo vi". Sonó como la voz de Crútalo.

"Ayyy… ¡Qué bribón!" Ése definitivamente fue el vecino Estuardo.

Bo trató de alcanzar la repisa otra vez y de repente su túnica se rasgó otros dos centímetros—el momento casi le golpeó la cabeza contra la muralla. Rebosando de adrenalina, el príncipe rápidamente pasó los brazos por las mangas, agarró la camisa medio rasgada, y se columpió con todo su peso hacia la ventana. Entonces la soltó—y justo a tiempo, porque aquel instante mismo fue cuando su túnica se desprendió del gancho.

Los pies de Bo aterrizaron en el antepecho del primer piso, y el príncipe descamisado suspiró por alivio. Miró para arriba y la cabeza del vecino Estuardo asomó de la ventana de donde Bo acababa de quedar colgando. Eso bastó para hacer que Bo hiciera el último saltito a la hierba y se echara al monte (en realidad, se echó *del* monte, pues ya estaba en la cima).

Bo se precipitó hacia los árboles que se encontraban a lo largo de la pista de esquí. El corazón se le aceleró, y los pies también. No miró hacia atrás ni una vez.

Alevi tenía ganas de mirar para atrás para tratar de percibir cualquier otro enemigo animal astuto que estuviera por allí, pero no lo hizo. La pandilla de la Loma ya actuaba bien alegre como solía, con la excepción del caballo de Heraldo, cuyas piernas estaban malitas por todas las heridas. Pero a los otros corceles les iba bastante bien después del ataque, y Yerusa montaba detrás de Heraldo para asegurarse de que el paso del grupo fuera adecuado para su caballo.

Dentro de media hora, Míjavier gritó por gozo, "¡Ya llegamos, mija!"

Alevi había estado inspeccionando las crines de su caballito por un ratito y solo entonces se dio cuenta de justo dónde estaba. Los veintidós habían llegado al pie de la Cresta del Mirto, bienvenidos por una gran formación rocosa que se parecía a una colina redonda pero cortada en la mitad.

La colonia de colina, conocida como "la Base", daba a un lago y tenía varias fogatas que les esperaban e iluminaban las curvas y grutas a lo largo de la extensión de la colina redonda. Alevi vio a algunas personas caminando hacia Míjavier, y se le destacó que todos ellos tenían gorros en la cabeza. Algunos eran emplumados, algunos lanosos, y otros simplemente chistosos.

Un señor grande con extremidades largas tenía en la cabeza lo que parecía un tomate, pero al mirarlo más cerca (y cuando digo "más cerca", quiero decir que Alevi recibió un abrazote de este hombre gigantesco) resultó que el gorro de hecho era una granada sostenida por un tirante tejido oscuro que igualaba el pelo del hombre.

Ubuntu, el hombre con brazos largos, puso las manos en las rodillas después de abrazar a Alevi para mirarle a los ojos: "Bienvenida a nuestro hogar, princesita. A partir de hoy, ya es tu casa también".

Ubuntu se irguió todo lo alto que era, en total dos metros y diez centímetros, y luego sacó una flauta de uno de los varios bolsillos del lado de sus pantalones. Tocaba una melodía extrañamente familiar aunque agradablemente ajena en el tono de sol bemol; así provocaba respuestas melódicas de otras flautas aquí y allá, a lo largo del lago, dentro de las media-cuevas, desde atrás y desde el lado.

Quienesquiera fueran estas personas, a Alevi ya le caían bien. Al crecer en el Castillo Real, a Alevi y Bo siempre se les brindaba lo mejor de la música del reino. Pero aun así, esta música se sentía tan libre y sencilla. Tan matizada y rica. Le hacía sentirse como si estuviera en casa.

Cayó la tarde mientras el carruaje del hidalgo lo llevaba por el campo. Las ruedas daban golpecitos secos contra algunas piedras de vez en cuando, pero aparte de eso, el paseo estaba suave y tranquilo. Las preguntas le invadían la mente del hidalgo mientras los corceles nobles galopaban a la frontera crepuscular del Galifkadori. Él se reclinaba, mirando por la ventana. El chofer se detuvo al llegar a la frontera, enseñó dos documentos que lucían reales, y así ya estaban de nuevo en camino.

Cayó la tarde mientras Bo se sentó al lado de un gran roble. Él ya estaba hecho polvo (y sentado al lado de un monticulito de polvo). Aunque ahora no tenía que ascender las alturas de la Cresta del Mirto, no justamente era lo que entendía por diversión bajar una montaña corriendo a toda velocidad, sin camisa, huyendo de dos captores locos. Bo no había oído a nadie sobre su pista en un buen rato, así que por fincito se dejó caer para descansar la noche entera, si fuera posible.

Unas encinas se elevaban detrás de él, y unos robles adelante. Fluía un arroyo

delgado a unos metros a su derecha. Él se aseguraba de quedarse suficientemente cerca al arroyo durante de su escape para poder recargarse cuando fuera necesario, y si lo que había leído era cierto, le brindaría un lugar para esconderse cuando se volviera más amplio y profundo por la mitad inferior de la Cresta.

Bo escuchaba a algunos grillos chirriando en todo su alrededor. Luego vino un soliloquio corto de un búho. Algunas ramas susurraron mientras un conejo se corrió por allí regresando a casa. Después de un rato de descanso, Bo se fijó en una luciérnaga que iluminaba a un metro de él. *Qué raro—solo las veo durante el verano*, Bo pensó.

Se puso de pie despacio y empezó a andar paso a paso para seguir a la luciérnaga. Se iluminaba algunas veces más, y justo cuando Bo estaba a punto de extender la mano para agarrarla, oyó un ruido justamente a su lado.

"*O que você está fazendo?*" demandó una voz fuerte y femenina.

"¡Aaa!" gritó el príncipe sobresaltado. "Yo… eh…"

La figura sombreada agarró a Bo por el brazo izquierdo y preguntó, "*Quem é você, menino?*"

Bo se dio cuenta de que el idioma era portugués, pero no sabía responder.

(Realmente no estaba seguro de lo que decía la dama en primer lugar). Después de algunos segundos de estar perplejos los dos, la viajera crepuscular dijo, "¿Tú *falas* español?"

"Sí".

"Ah, *muito* bien. *Então*, ¿qué haces aquí?"

"Me estoy escapando de dos hombres loquísimos que me secuestraron. ¿Qué estás haciendo *tú*? Y, por cierto, ¿quién eres?"

La figura se movió entre las sombras de los árboles y luego dijo, "*Eu* soy Belinha y vivo en esta *floresta*".

"Pero ésta es una pista de esquí famosa. ¿Cómo es que vives aquí?"

"Simplemente lo hago, *menino*".

Mientras sus ojos se acostumbraban a la luz que gradualmente se ponía más oscura, Bo volvió a fijarse en la luciérnaga. Voló directo a esta desconocida, aterrizó en el hombro, y encendió una luz magnífica. Visto este espectáculo de luz extraordinariamente claro, el príncipe podía notar una arruga en la mejilla de la desconocida que era nada menos que una sonrisa.

"¿Cómo hizo eso? Actúa como si fuera tu mascotita".

"Ah, *isso*? No es nada. Solo es que yo, eh…"

Mientras su voz se le iba, Bo notó del tono ya no hosco que esta extraña habitante forestal probablemente solo tenía algunos años más que su hermana mayor, Alevi. Al pensar en su hermana real, el príncipe no pudo evitar preguntarse dónde estaría ella: *¿Estará en algún lugar por acá? ¿Qué le hizo el vecino Estú? ¿Por qué no estaba en aquel carruaje apestoso conmigo?*

Ya vuelto al entorno que le rodeaba, Bo soltó una pregunta, "¿Tienes un lugar seguro donde me pueda quedar?"

"*Sim.* Pero no es para todos. ¡No *quero* revelar mi lugar secreto a *tudo* el mundo!"

"Cierto, vale. Pero yo no soy cualquier persona. *Eu sou…*" Bo trataba de acordarse de la frase que una vez le enseñó su Papá antes de irse para visitar a sus aliados portugueses. Bo intentó e intentó, y todos sus intentos merecieron la pena porque se acordó del resto de la frase: "¡Ah ya! *Eu sou… o filho do rei*". ("Yo soy el hijo del rey", dijo.)

"*Oh, meu Deus!*" exclamó Belinha poniendo las manos en la cabeza. "En ese caso, te llevaré para *minha* casa en seguida".

Entonces Belinha—la luciérnaga todavía felizmente le iluminaba el hombro— llevó al príncipe Bopogahuana por la mano y corrieron por la "*floresta*", bajaron una zanja, atravesaron un matorral, subieron una peña, y luego se pararon justo encima del tocón gordo de un roble.

"*Chegamos*", le dijo al huésped real.

Bo miró alrededor pero solo vio algunos arbolotes y un tocón especialmente grande, al cual Belinha estaba señalando con el dedo. "Este, las damas primero", dijo el príncipe educadamente (pero casi como si estuviera haciendo una pregunta).

"*Muito* bien". Y entonces ella se agachó, abrazó al tocón roble, y lo giró con un movimiento sorprendentemente elegante, revelando una escalera de madera para su casa subterránea.

La tarde ya había caído en el campamento. Melodías alegres, ahora en el tono de do mayor, llenaban el fresco ambiente nocturno mientras los veintidós viajeros alternaban con sus anfitriones afables en "la Base". Los fuegos que iluminaban las cavernas y grietas de la colina redonda se habían engrandecido a pedido de Ubuntu para proveerles una estadía calurosa a los visitantes.

Alevi estaba sentada con una familia de cinco personas en la parte este de la media-colina. Eran Hurango y Pelisa, una pareja tranquila de unos treinta años; Seraya, la hermana de Pelisa; y Nipele y Hurango el menor, dos chiquitos alegres que tenían la sonrisa de su madre y el frente cómicamente arrugado de su padre. Nipele y "Huyo" (así lo apodaron) estaban jugando alrededor del fuego, tirando una bolita sobre y alrededor de las llamas, hasta que por fin se cayó a la hoguerita. No quedaron desalentados por esa pérdida pequeña, así que los chicos se pusieron a usar nueces como proyectiles para una guerrilla que les hizo lanzarse alrededor de Alevi y sus parientes, manteniendo una distancia segura, claro, del fuego.

Después de una hora de conversación agradable con la familia, Alevi se dio cuenta de que habían estado hablando de *ella* todo ese tiempo. Aparte de sus nombres, Alevi no había preguntado mucho de sus vidas. No era que ella actuara como una princesa grosera; más bien era que a la familia le fascinaba tanto su huésped real y que ellos simplemente le agobiaban con preguntas acerca de su vida, y ofertas para más té de manzanilla y pan dulce. Mientras tomaba un poquito del "té de hora soñolienta" (así lo solía llamar su Mamá), Alevi preguntó a la familia sobre su vida por el lago.

"Es una vida sencilla", dijo Hurango. "Acá tenemos todo lo que necesitamos".

"Es como si fuéramos todos familia", añadió Pelisa, también añadiéndole un cubito de jarabe de arce cristalizado a la taza de Alevi.

Si los veintiuno de la Loma no eran el vivo ejemplo de la generosidad extrema, entonces estos amigos nuevos sí lo eran. Cuanto más miraba la morada humilde construida como parte integral de la colina redonda, la princesa notaba cuánto más expresaban sus alrededores que lo que se había dado cuenta. La manera en que se interactuaban como una familia definitivamente probaba que sus palabras eran verdaderas; los retratos y dibujos en las paredes rocosas contaban de las generaciones pasadas y de grandes triunfos y pruebas; las velas y flores colocadas alrededor de ellos hablaban de una apreciación de la belleza dada a todos; los instrumentos ligeros que pertenecían a cada uno en la familia (y aparentemente en la comunidad) demostraban su deseo de crear, animar, y vigorizar.

Alevi bostezó. En unos momentos, Seraya sacó una hamaca con tejidos azules marinos de ballenas y de profundidades acuáticas tranquilas. Los dos chicos la armaron en otros pocos momentos. Hurango colgó el gorrito de piel de castor que había estado llevando en la cabeza, y todos en la familia se dieron besitos de buenas noches—sí, hasta Alevi. No te preocupes: no era un beso en los labios, sino en las dos mejillas, y en la barbilla.

Antes de cerrar los ojos y entrar en un sueñito que probablemente disfrutaría, Alevi preguntó a Huyo por qué se daban besos en la barbilla.

Él le dio una sonrisa amplia y contestó, "Nuestros papás siempre decían que eso nos daría confianza. Si siempre tenemos las barbillas arriba y mantenemos el ánimo, la gente alrededor de nosotros no tendrá que esforzarse para besarnos".

CAPÍTULO CINCO

Salió el sol brillando sobre las aguas del lago. Cuando Alevi abrió los ojos, su nariz se despertó por los aromas de canela y vainilla, y sus oídos oían unos sartenes crepitando, unas cucharas girando, y a unos chiquillos riéndose. Aunque la familia

hospitalaria ya había estado despierta por un rato, ella no sentía la necesidad de apurarse para ver qué pasaba. Simplemente descansó por un ratito más, sin saber todo lo que tendría guardado el día.

La luz del sol avanzaba sobre la colina real cuando la Reina finalmente descansó su cabeza real sobre sus almohadas artesanas afelpadas. Después de varias horas de hacer una batida nocturna por la ciudad, con montones de guardias bien capacitados y agentes de inteligencia, la Reina sucumbió al sueño y sopor, soñando que Bo y Alevi rodaban felices sobre un pasto herboso.

El príncipe Bo asomó la cabeza de una parcelita de hierba, temporalmente cegado por el brillo del sol matinal. Después de pasar la noche en una casa subterránea, la cual en realidad estaba bien alumbrada—por velas que olían a jabón de lavanda—Bo se sentía un poco raro mirando la hierba, los árboles, los excrementos de venados, y los insectos que empezaban a subirle los brazos arrastrándose hasta quedar tumbados con un *golpazo* de sus dedos.

Al entrar la guarida subterránea de Belinha la primera vez, las expectativas de Bo se superaron mientras sentía el polvo abajo convertirse en una alfombra peluda, la cual pronto aprendió que era una combinación del pellejo de oso y conejo.

"¿Tú cazas a osos?" él había preguntado.

"Pues, claro", fue la respuesta de ella. En el ambiente cómodo de su hogar, a la luz de las velas, los ojos azules de la anfitriona parpadeaban junto con las llamas en su alrededor. Ahora que él podía ver a su benefactora con más claridad, el príncipe notó que el cabello de ella se parecía a una mata de maíz en el tiempo de la cosecha, y su apariencia le recordó a una montañera fuerte y dura. Aunque ella hablaba el portugués, su linaje provenía principalmente de los reinos germánicos, explicaba Belinha.

"Después de una guerra que duró muchos años, mi familia se emigró a nuevos territorios costeros, y allá nací. Me dieron el nombre Belinha porque era de moda en aquella nueva cultura, pero igualmente sigo con el apellido *von Hildegard*".

Mientras contaba su historia, Belinha le mostró la cocina, el *banho* (de hecho una piscina subterránea cavernosa), y la habitación de huéspedes, la cual tenía una camita modesta, una mesilla, y una pintura de un anciano caballero teutón con barba completa. Belinha inclusive le prestó una túnica gris para ponerse, y aunque probablemente era una talla demasiado grande para él, definitivamente era mejor que seguir sin camisa.

Sin la luz del sol que solía entrar en su cuarto a despertarlo por la mañana, Bo roncaba como un señor de mediana edad dormido de vacaciones en una isla caribeña, cuando Belinha soltó su típico canto a la tirolesa matutino. Un gran "¡Yodeley-i-júuu!" interrumpió en la habitación de Bo, le golpeó los tímpanos, y le hizo salir saltando de la cama con una mirada sorprendida.

Bo creyó que todavía podía oír las reverberaciones del canto mientras miraba por uno de los miradores que Belinha había creado en el techo. Con la mezcla perfecta de la mecánica y el musgo artificial, ella había construido varias salidas de su casa, bocas de alcantarilla del bosque, si quieres. De ese modo, podía aparecer en cualquiera de once lugares diferentes dentro de un kilómetro de terreno sin ser observada por ningún ojo sobre la tierra.

El sitio donde salieron quedaba aproximadamente a una tercera parte del camino desde la base de la Cresta del Mirto. Bo miró alrededor y se fijó en una masa de agua a través de un claro entre los árboles. "Aquel lago se ve bastante cerca. ¿La ciudad también queda en esa dirección?"

"*Sim*, pero está muy lejos".

"Entonces probablemente debería comenzar la caminata. ¡Quién sabe dónde podrían estar aquellos gamberros ahora!"

El príncipe empezó a abrirse camino atravesando los árboles cuando de repente vio pasar un destello. Belinha iba a toda prisa para adelante mientras gritó: "¡El último que llega al lago es una milanesa maloliente!"

"Ya es hora de subir la Cresta, mija", Míjavier dijo a la princesa.

Los veintiún viajeros de la Loma y Alevi ya estaban juntos de nuevo. Habían deshecho su ayuno nocturnal con las familias con quienes se quedaban y luego se juntaron por la orilla del lago. Alevi vio a su caballito beber del agua a unos metros a la izquierda del grupo. Yerusa caminaba por cada uno de los corceles y les alimentaba bocados de zanahorias y avena.

"Supongo que tendremos que llegar a la cima antes de que detectemos a tu querido hermano", continuó Míjavier. "Pero con cosas así, nunca se sabe con certeza".

Un pequeño escalofrío recorrió el cuerpo de Alevi cuando recordó a Bo. "Espero que lo encontremos pronto. Nunca estuvimos separados por tanto tiempo".

"Anímate, princesilla", dijo Yerusa. "Te cubrimos".

"Y ya pronto", dijo Heraldo, "¡descubriremos al príncipe!"

"¡Viva!" gritaron los demás (algo callados, ya que era mañana).

Entonces los veintidós se despidieron de sus amigos en la Base y subieron a sus caballos. En unos momentos, Ubuntu llegó montado en su gran caballo: "Amigos míos, yo vengo con ustedes para rescatar al príncipe. El sabio Míjavier me pidió ayuda, y sería un honor si les pudiera prestar mis dos manos para llevarlo de regreso a casa".

Alevi le agradeció y sonrió mientras él sacaba la flauta. El alto jefe con el gorro

de granada tocaba una melodía suave y fluida en *mi bemol* mientras iba junto a los veintidós viajeros (ya eran veintitrés con él). La princesa podía oír el sonido de los instrumentos lejanos que resonaban contra el lago mientras retornaban bajo la cubierta de los árboles.

Jíííí, dijo el caballo del hidalgo mientras se acercaban a una parada en frente del Castillo Real. El chofer, llevando una mirada de respeto real (y un poco de fatiga por haberse quedado vigilando toda la noche), abrió la puerta del carruaje a su pasajero noble, quien bajó al suelo con un saltito y con determinación que desmintió su falta de sueño. Cuando él y el chofer se acercaron a la Real Puerta Principal, uno de los porteros estaba a punto de cuestionar su identidad y el motivo de su visita, pero el portero más experimentado simplemente abrió las puertas y les hizo una reverencia al entrar.

"¡Despierta, damita! Digo, querida Reina", dijo el hidalgo una vez que hubo ascendido la Escalera Real, entrado en la Cámara Real, y abierto las cortinas, así cegando temporalmente los ojos de la belleza desvelada.

"¿Quién es?" dijo la Reina. Al acostumbrarse los ojos a la luz matutina, echó un solo vistazo al visitante noble y luego metió la cabeza bajo sus almohadas. "¡Memo! ¿Qué haces aquí?" dijo amortiguada debajo de su almohadilla afelpada.

"Estoy aquí para ayudar," contestó casualmente.

La cabeza real de la Reina se asomó entre el montón de almohadones y dijo, "Más te vale, en un momento tan difícil como este".

"Ah, claro, querida Reina", dijo Memo, ni intentando esconder la sonrisa. "¿Ya has tenido algunas noticias del Ermitaño?" (Nota: El llamado "Ermitaño" es, de hecho, el hermano del hidalgo, o sea el Rey.)

"Aún no… Le envié un mensaje inmediatamente después de que supe las noticias horribles, pero es demasiado pronto para esperar algo en respuesta". La Reina hizo una pausa, mirando por la ventana hacia los campos amplios. "Puede que solo lleve unos días en su viaje planeado, pero éste es un asunto *mucho* más importante que cualquier reunión política o lo que sea que haga con aquellos líderes".

"Seguro que lo recibió", dijo el hermano del Rey mientras observaba el estado actual de la Cámara Real. "¡Vaya! Hace siglos que no veo este retrato". Recogió una pequeña pintura de la Casa Real que se remontaba a la época cuando estaban los dos en la escuela primaria.

"Eso fue hace mucho tiempo", dijo la Reina. "Pero, de alguna manera, parece como si fuera solo ayer".

"Así parece, ¿no?"

"En aquellos días Cristelina y yo salíamos allá atrás para recoger uvas en nuestra *gran* propiedad por el Río. Papá solía estar trabajando en algún lugar de los viñedos, mientras que Mamá regaba las verduras y flores en el jardín. Y había este Buscapiés, por supuesto, nuestro galgo. Siempre venía a perseguirnos cuando Mamá nos llamaba a casa para cenar".

"Ah, los maravillosos días de una vida sencilla… Tu padre hizo bien al llevar adelante el nombre de la familia Galife. No es de extrañar que la alianza con el clan Dorika haya perdurado todos estos años".

"Es cierto. Aunque, debo decir, mis papilas gustativas nunca se pudieron acostumbrar a las toronjas especiales de esa familia".

"¡Uy! Sus toronjas son absolutamente riquísimas," dijo Memo. Sus ojos brillaban y su estómago gruñía mientras miraba por la ventana junto a la Reina. "Ahora que lo mencionas, ¿no será un gran envío de cítricos que veo llegando a las puertas?"

"Bueno, supongo que tienes razón", dijo la Reina con un poco de vacilación.

"No me digas…"

CAPÍTULO SEIS

Una banda grande de rufianes abrió suave y tiernamente las puertas del hotel de esquí a las órdenes del "jefe". Cuando sus botas negras tocaron la hierba y hojas no crujientes en el pasto, recibieron la luz verde del vecino Estuardo: un pedacito de atún acre se echó de una ventana del tercer piso.

Entonces el grupo de sesenta y cuatro gamberros empezó a gruñir y bajar la pista echando pestes, con vigas de madera, barras, y gigantescos bastones de caramelo descolorido que se habían salvado del almacén abandonado en un pueblo cercano.

Crútalo salió del chalé algunos momentos después y siguió la estela de polvo que subía al aire detrás de los demás. Quería quedarse atrás, pero el vecino Estuardo no estaba de humor para compañía después de que Bo se había escapado de esa manera tan ingeniosa. Las únicas órdenes para Crútalo fue asegurarse de que regresara el príncipe Bo (no necesariamente ileso) al hotel, donde aseguradamente recibiría un "rapapolvo" muy serio.

Trápala. Trápala. Trápala. La compañía de la Loma, junto con la princesa y su alto compañero flautista, iba por un gran claro dentro del bosque de robles al seguir subiendo la Cresta. No habían cubierto mucha distancia cuando Alevi se dio cuenta de que su caballito resollaba algo pesadamente.

Mientras miraba alrededor a los demás, vio a Míjavier dándole a su corcel unas palmaditas en el costado y varias palabras alentadoras. "Vamos, caballito. Sí se puede", decía, y para provocar un poco de risa en el grupo, preguntó con voz alegre, "¿Perderemos toda esperanza, amigos? ¿O será que sí encontraremos al hermano de nuestra buena princesita?"

Yerusa contestó primero, "¡Sí, lo encontraremos!"

"El príncipe será rescatado, ¡claro que sí!" agregó Whitney.

Heraldo entonces soltó un gran "¡*Jíiiiiiiiiiii*!", el cual provocó a los caballos e hizo que el grupo siguiera adelante con un celo renovado.

"Eso es lo que me gusta ver, mija", dijo Míjavier al volverse hacia Alevi sonriéndose. El caballito de Alevi estaba emocionado junto con los demás—quizás aun más—y rápidamente la llevó adelante del grupo. La princesa fue la primera que reentró a la masa de árboles que marcó el fin del claro, así que tuvo ganas de pedir a Míjavier que volviera a mostrar el camino. Pero creía que su caballito conocía el camino y por eso le dejó seguir.

Al pasar algunos momentos mirando las copas de los árboles, maravillándose de los enormes rayos de luz que atravesaban el follaje, Alevi se dio cuenta de que su caballito ya iba zigzagueando por los árboles y daba vueltas alrededor de las rocas, tanto que Míjavier gritó desde muy atrás, "¿Adónde vas, mija?"

"¡No sé!" fue la respuesta de la princesa. "Estoy tratando de pararlo, pero él parece tan emocionado".

"Debe de oler algo", dijo Ubuntu. "Ése es un corcelito muy vivaz donde los haya. Su nariz debe de percibir un aroma particular".

Míjavier hizo que su caballo se acelerara mientras consideraba el comportamiento del caballito. "Vale… no he visto a un caballo comportarse así desde la Rebelión de Lavanda del 62. Eso parece tan raro".

"¿De qué habla usted?" preguntó Alevi.

"Eso pasó cuando un grupo malhumorado de los Daligán atacó el pueblo de Lorenzón y le robó todo el legendario jabón de lavanda, el que supuestamente podía lavar a caballos tan bien que los animales mismos querían alcanzar a oler el jabón si pudieran. Aun cuando ya estaban limpios".

"¿Alguien pudo reclamar todo ese jabón?"

"Sí, pero muchos años después. El jabón se acabó tan rápido que nadie tuvo el tiempo para escribir cómo volver a hacerlo. Algunas personas dicen que un poco del jabón fue dejado o escondido por algún lado, pero ya hace mucho tiempo que no he visto aquel jabón".

En ese instante, el caballo de Alevi relinchó, saltó al aire, y se detuvo justo sobre una zarza de zarzamora chiquita. Los otros veintidós pronto formaron un círculo alrededor de la zarza, la cual parecía igual a todas las demás en el área. Relinchó otra vez el caballito, y pronto los otros caballos se unieron a él, golpeando la tierra con los cascos e intentando alcanzar la zarza con las bocas. Whitney y Yerusa se desmontaron y empezaron a alejar las ramitas.

"¿Cómo se ve?" dijo Míjavier. Su cabello plateado brillaba bajo la luz de dos chorritos delgados del sol que venían desde arriba.

"Las raíces no son muy profundas", contestó Whitney.

"Sí, y las moritas están buenas también", añadió Yerusa. (Ya tenía una manchita del jugo de zarzamora en la mejilla izquierda.)

"¡Cielo santo!" dijo alguien. Alevi volvió la cabeza y vio que la exclamación venía de Floren, quien tenía las manos en la cabeza y llevaba una mirada de asombro desconcertado.

"Ay, Floren. Solo es el jugo de mora. Se quitará fácil", dijo Yerusa mientras se quitaba la manchita oscura de la piel.

"No, solo es que—"

"Es que él está emocionado de oler aquella lavanda legendaria", afirmó Geribaldo.

"No, es que, vol—"

"¡Habrá alguien que le deje hablar!" dijo Alevi, y al instante se dio cuenta de que ella misma también acababa de cortarlo.

"¡Volvió aquel carruajero enojado!" dijo Floren, apuntando hacia más allá de la zarza—directamente a Crútalo y a sesenta y cuatro rufianes corriendo hacia ellos.

Un par de pies principescos estaba brincando por el bosque, a veces seguido por—pero a menudo precedido por—otro par de "pies *da floresta*", según decía

Belinha. Siguiendo al mismo paso veloz, Belinha iba delante de Bo en su carrera hacia el lago. Corrían a solo unos metros del río, que era considerablemente más hondo en esta zona de la Cresta.

"¿Te gusta nadar por acá?" Bo preguntó desde atrás.

"Ah, *sim*", dijo Belinha. "*É tão* bonito nadar por este sitio, especialmente durante el *verão*".

"Se ve tan claro y atractivo. Me gustaría ir a… Oye, ¿escuchaste eso? Sonó como caballos relinchando".

"Casi sonó como una persona", dijo Belinha, ya corriendo más lentamente hasta pararse.

Bo trotó al lado de ella y miró el alrededor. "No hay caballos que vivan en la Cresta del Mirto, ¿cierto?"

Belinha negó con la cabeza. "*Não, menino*".

"Entonces, ¿quiénes están por allá?" Bo apuntó con un ángulo río abajo.

"*Devemos* ir para mirar—*mas* con cuidado".

"*Sim*", dijo Bo guiñando el ojo.

Entonces Belinha y Bo iban caminando hacia una sección de pinos gordos. "Súbete, *menino*", dijo la guardiana del bosque al trepar a una rama firme que estaba oculta en medio de los árboles.

Bo gruñó mientras se levantaba al lado de Belinha. Ellos miraron el claro, donde he aquí, vieron un grupo de veintitrés viajeros, uno de los cuales era de altura muy alta y tenía lo que parecía un tomate encima de la cabeza, y otra era una chica montada en un caballo más chiquito y ella se parecía justo a…

"¡Alevi!" susurró Bo en la voz más baja y contenida que pudiera hacer (en realidad, casi era un grito).

"Espérate", dijo Belinha al tender la mano contra el pecho de Bo. "*Temos* que ver si ellos son *amigáveis* antes de hacer algo más".

"¡Pero sí es mi hermana!"

"Espérate. Mira".

En ese momento, Alevi se aceleró, yendo delante de los demás, y se metió entre los árboles a la derecha de los dos observadores ocultos. Los otros caballos siguieron el ejemplo, y en un par de minutos, Bo y Belinha siguieron a Alevi, al "Señor del Tomate" (así lo llamaba Bo en su mente), y a los otros veintiún desconocidos a una distancia razonablemente sigilosa, hasta quedar justo al lado de una de las entradas escondidas de la casa de Belinha.

"¡Ay! *Não* podemos dejarles hacer esto. *É a minha casa!*" dijo Belinha al sacar unos tirachinas que habían pasado desapercibidos por Bo hasta ese instante mismo.

Bo estaba a punto de tratar de diferirla con palabras, pero de repente vio una multitud moviéndose a lo lejos en el bosque. Él se tiró del árbol y agarró una rama grande del suelo. "Ellos están bien", dijo el príncipe, moviendo la mirada desde los ojos de Belinha hacia la banda amenazante del caos. "Son *ellos* con quienes tengo un problema".

Clic-clac, clic-clac venía el Carruaje Real con velocidad por un sendero de guijarro. La Reina y su cuñado noble se apuraban, acompañados por los mejores caballeros y lanzadores de jabalina de la Caballería Real. Desde que la Reina había hecho el Decreto Real acerca de la desaparición de los Hermanos Reales, se habían empezado a difundir rumores sobre cosas sospechosas que pasaban en la Cresta del Mirto, aunque nadie subió para averiguar qué sería (después de todo, no era la estación para esquiar).

Rumbo a un posible *rendezvous* con sus chiquillos, la Reina tenía sentimientos contradictorios. En realidad, principalmente estaba emocionada porque tal vez pudiera volver a ver las caras (ojalá) alegres de Bo y Alevi. Lo único que le estaba molestando en el momento era un particular fastidio suyo: el olor fuerte de toronjas maduras que llevaba en el carruaje.

"¡Pónganse a cubierto!" gritó Míjavier.

Sin tener ni un segundito más, los veintitrés viajeros apuraron a sus caballos alejándose de la multitud de gamberros. En ese mismo instante, Alevi soltó un grito. Yerusa y los demás rápido volvieron la cabeza para ver si estaba en peligro.

"¡Es Bo!" exclamó la princesa dando una vuelta a su caballito.

"¡Hermana!" gritó Bo, ya corriendo hacia ella.

El enjambre de enemigos solo estaba a unas decenas de metros de distancia, entonces Bo improvisó. "Todos, sepárense en dos grupos. Un grupo, sígale a ella", dijo al hacer un gesto hacia Belinha. "Y el otro grupo, venga conmigo".

Alevi se bajó del caballito y saltó directo a darle un fuerte abrazote a Bo—así casi atropellándolo. "Bo, por fin te encontramos. No me puedo imaginar qué tú habrás—"

"Apúrate, Hermana. Vas con Belinha".

"Pero yo—"

"No hay tiempo. Estarás más segura con ella".

"¿Pero qué tal *tú*?"

"Estaré bien. ¡Vamos ya!" dijo Bo mientras se iba corriendo para el arroyo.

Belinha ya estaba por la zarza de zarzamora, la cual arrancó dentro de unos microsegundos, y abría el camino para que pasaran los otros. Los demás veintidós quedaron tan sorprendidos—no solamente por la gran multitud de enojados sino también por la aparición repentina de Bo—que cumplieron las órdenes de Bo sin pensárselo dos veces. Yerusa, Whitney, Heraldo, y Geribaldo siguieron a Bo hacia el arroyo, mientras que Alevi y los otros compañeros bajaron a prisa al refugio subterráneo

"Ven, mija", Míjavier le dijo.

Alevi entró en la morada subterránea iluminada por velas—el corazón se le aceleraba y la mente le parecía excepcionalmente clara. Vio a tres amigos de la Loma pasar por ella y luego volvió a ver hacia afuera. La compita de Bo tiraba piedras agudas hacia los enemigos que estaban persiguiendo la compañía.

La princesa se volvió, vio un gran cajón de madera, y lo abrió. Ahí descubrió un arsenal completo de tirachinas y varios proyectiles. Agarró uno al azar y llenó sus bolsillos con tantos pedazos grandes de carbón y ladrillos rotos como pudieron caber.

Alevi subió corriendo y cargó el tirachinas. "Te ayudo", le dijo a la nueva amiga del bosque. Belinha pegó a un gamberro de pleno en la nariz con una roca y contestó, "*Sim*, porfa".

"¡Vamos, todos!" gritó Bo al llegar a la orilla del río. "¡Espero que sepan nadar!"

"Yo, este… No soy la mejor nadadora", contestó Yerusa con un gritito, todavía corriendo hacia el agua.

Los pies de Whitney y de Geribaldo ya estaban sumergidos. "¿Qué hacemos?" preguntó Whitney.

"Miren, síganme mientras nado. Este sitio aquí en el río es profundísimo, y al contrario de la opinión popular, sí existen algunas cavernitas debajo del río que conectan a una cueva grande allá abajo. Si encontramos la caverna correcta, podremos reunirnos con los demás en la casa subterránea de Belinha".

"¿Y si no…?" dijo Heraldo.

"No lo pienses. Solo nada y sigue nadando". Bo se lanzó al río. Geribaldo y Heraldo hicieron igual, seguidos por Whitney.

Yerusa era la última que quedaba al borde del agua. Miraba a los demás nadando adelante y se dio cuenta de que *tenía* que seguirlos ahora. En ese instante, oyó los gritos y gemidos que venían desde atrás.

Ella se volvió y vio a Ubuntu destrozando una rama grande contra la espalda de uno de los gamberros. Estaba plagado de atacantes y ya tenía una herida en la mejilla y en los dos brazos. *Él me estaba protegiendo todo este tiempo y ni me daba cuenta,* Yerusa se dijo.

Esperando poder ayudarle, volvió la vista al río: aún se podía ver un cuerpo solito. Al pasar un instante, se movió debajo de una roca grande río abajo y ya no estuvo a la vista. Eso le bastó a Yerusa.

Se zambulló de cabeza.

CAPÍTULO SIETE

Blúp… un grito ahogado… blúp. En la conglomeración cavernosa oscura donde ya estaba, el príncipe Bopogahuana venía a la superficie del agua para respirar cada pocos segundos, en la espera de encontrarse en la seguridad de la piscina subterránea (o "baño") de Belinha.

Hasta ahora, después de cinco o seis intentos, todo lo que podía ver eran las rocas casi completamente negras ubicadas a unas pulgadas sobre su cabeza. Los otros en el grupo parecían seguirle el ritmo, aunque él no estaba seguro de todos. Al sumergirse dos veces más, Bo lanzó otro grito ahogado, esta vez de alivio—y, claro, para hacer regresar a los pulmones un poco más del aire. *Llegaron*. O al menos llegó él.

Asió el borde de la piscina, se levantó, y así Bo se quedó sentado por algunos momentos. Aclamaba a Geribaldo y Whitney cuando llegaron a la superficie. Heraldo salió luchando por respirar dentro de otros pocos momentos. Se sentaron en la baldosa al lado de Bo y luego volvieron la vista a las cavernas oscuras de las cuales habían venido.

Algunas onditas en el agua. La calma. Un murmullo apagado—y luego un *estallido* abrupto cuando Yerusa salió del agua. Le costaba respirar y tosía en esta reunión muy anticipada con el aire (relativamente) fresco. El grupito soltó un gran "¡Viva!" que resonó en las paredes de la caverna mientras la levantaban al refugio embaldosado.

"¿Qué pasó allá, Yerusa?" preguntó Heraldo.

"Yo" (*un gran respiro*) "estaba al borde del agua" (*otro gran respiro*) "y trataba de calcular si de verdad podía cobrar las fuerzas" (*tos*) "para seguirles nadando. Pero entonces oí un ruido y miré hacia atrás, y allí estaba Ubuntu rechazando a todos aquellos gamberros con un gran pedazote de madera, y no tuve tiempo para considerar las opciones, así que me lancé al agua para seguirles a todos ustedes, y de alguna manera, de algún modo, nadé hasta llegar aquí—"

Y así, Yerusa se desplomó como un saco (bastante mojado) de papas.

Vino volando otra piedra veloz del tirachinas de Belinha, quien paró en seco a otro atacante.

"Casi me falta la munición", gritó la princesa a su compañera de lucha. "Creo que deberíamos bajar y tratar de mantener cerrada la entrada en cuanto *PODAMO*—"

Justo cuando terminaba la oración, un gamberro la agarró desde atrás y la levantó al aire. Alevi soltó un grito tan agudo que el gamberro tuvo que cerrar los ojos por un solo momentito, el cual fue suficiente para que saliera Míjavier de la entrada ya no escondida, golpeara al adversario en el coco, y llevara a Alevi a la seguridad subterránea. Belinha tiró algunos otros proyectiles pedregosos picudos antes de bajar a su guarida y trancar la puerta lo mejor que pudo.

Dentro de unos segundos, se oían golpes desde el otro lado de la puerta.

"Tenemos que sujetarla mientras podamos, mija", Míjavier dijo a Alevi. Al volver la mirada hacia Belinha, añadió, "*Nós podemos fazê-lo*", guiñando el ojo.

"*Sim, é verdade*", contestó ella con gusto.

Los tres se inclinaban allí contra la puerta, sosteniéndola con músculos tensos.

Un minuto más tarde, sus oídos percibieron algo: los golpes y gritos constantes de afuera se habían convertido en golpetazos y gemidos esporádicos.

"¿Qué será?" preguntó Belinha.

"Nadie se dejó afuera, ¿verdad?" dijo Alevi.

"No creo".

"Entonces, ¿qué pasa?"

Los ojos de Ubuntu se estaban cerrando despacio. Al respirar el aire le parecía dulce, pero al exhalar le dolía el costado. Su mano dejó caer la rama con que había luchado. Los fragmentos de los bastones de caramelo descolorido ya cubrían el suelo donde él estaba tirado.

Solo un ojo quedaba abierto. Otro respiro. Dolor agudo en el costado. El susurro de las pisadas entre las zarzas. Otro respiro. Cuando los párpados de Ubuntu estaban a punto de tocarse, él escuchó algunos golpes sordos, y mientras la oscuridad le inundaba la conciencia, percibió el aroma tenue de toronja.

"¡Dale!" declaró el hermano del Rey.

A la orden de Memo, los Soldados Reales de la Caballería y los Lanzadores de Jabalina ya estaban "dándole" a la pandilla maliciosa tanto como podían. La Reina, inclinada en el codo para ver la algarabía que ocurría justo afuera de la ventana del carruaje, dio un grito ahogado de asombro, y luego de alegría, porque veía a los guardias reales golpear a los perpetradores viles con grandes toronjas jugosas.

Las toronjas galifkadorianas acabaron por funcionar a las mil maravillas en la batalla, ya que su pesadez fácilmente podía dejar a un enemigo tirado en el suelo, dejado sin sentido, o por lo menos atontado por un buen rato—sin mencionar su fuerte golpe ácido, el cual, al meterse en una herida abierta u ojo abierto, le picaría tanto que el único remedio natural sería bañarse en melaza (o quizá un poco de agua calurosa) por al menos una hora.

Así que, cuando la Reina finalmente se sintió suficientemente segura para salir de su carruaje real, todos los gamberros amenazantes, salvo tres de ellos, ya habían sido vencidos. A algunos de ellos la Caballería Real ya los tenía atados y sujetos con correas a los carruajes.

"¿Dónde están mis queriditos?" preguntó la Reina.

"Ya aparecerán pronto, estimada Reina", aseguró el oficial principal de la caballería.

"Oye", dijo Memo. "Estos caballos se están volviendo *locos* por acá. Están oliendo estáticamente esta zarza de zarzamora arrancada. Creo que encontraron algo".

La túnica demasiada larga del príncipe todavía goteaba sobre las alfombras ursinas auténticas de Belinha mientras él se precipitaba por los corredores subterráneos hacia su hermana. Los otros, al trasladar el cuerpo fatigado de Yerusa a la cama en la habitación de huéspedes, igualmente seguían empapados, aunque tenían gran ánimo porque todos habían salido sanos y salvos.

"¡Alevi!" Bo gritó adelante.

"¡Bo! ¡Manito!" Alevi contestó.

Se apartaron Míjavier y los demás para que pasara Alevi a darle a Bo el segundo abrazote fuerte del día—uno que duró por mucho más tiempo, ya que no estaban en medio de peligro.

"¿Todos están bien?" preguntó Bo mientas le daba un abrazo húmedo.

"Sí, llegamos todos. Belinha y yo teníamos a raya a aquellos gamberros", dijo al volverse hacia su nueva amiga. "Cerramos la puerta justo a tiempo".

"No oigo ningún ruido que venga desde afuera. ¿Qué les pasó a todos aquellos matones?"

"Vamos a averiguar", contestó Belinha.

Se juntaron todos alrededor de una boca de alcantarilla del bosque cercana (uno de los miradores), y la *Dona da Casa* asomó la cabeza por el follaje parcialmente artificial.

"No hay moros en la costa", dijo Belinha después de mirar alrededor con cuidado.

El grupo salió de su refugio imprevisto. Muy pronto, Bo y Alevi, todavía juntitos, se volvieron a orientar en el entorno en el suelo del bosque, y—

"Oye, ¡mira para allá!" dijo Bo de repente. "Detrás de esas zarzas, se parece justo a… No puede ser… ¿Será…?"

En ese momento, Memo, quien estaba cerca con la caballería, contestó las preguntas de su sobrino: "¡Es el Ermitaño!"

Sí, él tenía razón: era de veras el llamado "Ermitaño", o más comúnmente conocido (y aclamado) como el Rey del Galifkadori.

"¡Papá!" cantó Alevi, ya corriendo.

"¡Pollitos míos!" contestó su Papá, vestido con unos pantalones caqui reales, una camisa ligera de algodón, un gorro de piel de mapache, y una agradable sombra de barba. Mientras corrían Bo y Alevi hacia su Papá, y mientras corrían Memo y la Reina hacia él también, todos se dieron cuenta del personaje peculiar que estaba esposado al lado del Rey.

"Fíjate", dijo la Reina. "Cariño, ¿qué hace aquí el vecino Estuardo?"

"¿Qué *no hace* aquí, Mamá?" preguntó Bo al tirarle de la manga real y tirársele a los brazos, colmándole de amor.

Alevi corrió hacia ella, le dio un besito en la barbilla, y antes de que la Reina pudiera preguntarle acerca de la colocación del besito, Alevi ya hubo llegado al Rey.

"¡Estás aquí!" gritó ella, ya llorando unas lágrimas reales de alegría. "¿Qué… qué pasó?"

Dando una sonrisa amplia debajo de sus ojos alegres, el Rey declaró, "Parece que ya es hora para una historia…"

128

CAPÍTULO OCHO

"Empezó el asunto hace unos días. Estaba yo en nuestro jardincito trasero", dijo el Rey al mirar a Bo y Alevi, "practicando el tiro con arco. Ustedes ya saben, lo usual.

"Después de colgar mi arco, tuve ganas de echar una mirada a la propiedad de nuestro vecino. Ya hacía un buen rato que no escuchaba nada sobre él, y me había enterado de varios rumores de que un carruaje iba y venía por la noche durante una semana o más. Así que pasé sigilosamente por los jardines reales de su Mamá y asomé la cabeza más allá de aquellos pinos espinosos. Fue entonces cuando se empezaron a juntar todos los cabos.

"Nuestro apartado vecino Estú"—al oír eso, soltó un quejido agitado el hombre a quien se refería el Rey—"ah, bueno, Estuardo, según le gusta llamarse. Vieras, que nuestro vecino apartado siempre me había dado una sensación extraña… de que tal vez estuviera tramando algo malo. Entonces este día mi sospecha se confirmó, pues le observé charlando con un tipo descontento que se veía puro gamberro. Puede ser que se llamara Crótalo, o algo por el estilo.

"De todos modos, hablaban y susurraban de nuestros queridos niños," dijo al mirar a su Mujer Real. "En cuanto escuchara de la conversación, parecían estar tramando un plan peligroso para secuestrar a Bo y Alevi 'si alguna vez se atrevieran a poner un pie' en su propiedad.

"Bueno, estaba seguro de que mis hijitos sabían muy bien que ese territorio estaba prohibido (desde aquel 'incidente' pequeño hace unos años). La Reina y yo siempre les hemos dicho que se contenten con lo que tienen—con la abundancia que ya les pertenece. Pero, visto que solo son niños, yo quería errar por precaución, así que le envié una carta a mi hermano Memo con detalles sobre el peligro potencial.

"Luego, cuando salía para mi viaje al norte, quería ser muy cauteloso sobre el asunto, ya que acababa de oír otra noticia de mis vigilantes oficiales sobre un desconocido que entraba en el chalé vacío en la Cresta del Mirto. Aunque estaría un poco fuera del camino original, decidí ir allí yo mismo. Y gracias a los cielos que fui, porque pude localizar al malo y examinar el sitio sin que él lo supiera.

"Por tanto, mis pollitos", dijo al quitarse el gorro de piel de mapache, "me disfracé del aventurero de bosque que soy en el fondo y espiaba el chalé. Es demasiado difícil ser sigiloso cuando se viste de todo ese ropaje real, se lo aseguro. Puede ser que mi atrevido Bo se preguntara por qué estaban abiertas las ventanas de la habitación donde estaba atrapado, lo cual sin duda le permitió escaparse del vecino Estuardo. Eso fue el resultado del espionaje nocturno que emprendí después de que Bo y aquel Crótalo habían llegado a la cima de la Cresta esa tarde.

"Ya estaban muy abiertos los ojos de Bo, e incluso los ojos de todos los demás también.

"Todo el tiempo estuve analizando cuidadosamente cada aspecto de la situación, sabiendo que Bo estaría bien. Y agradecidamente, recibí un mensaje alentador de un centinela real que había visto a Alevi desde lejos, segura y protegida entre la compañía de viajeros benévolos.

"Entonces, esta mañana cuando salió de su escondite la horda de gamberros del vecino Estuardo, me imaginé que el bueno de Memo ya tendría lista la munición y estaría de camino para 'eliminarlos' (de la manera real, por supuesto). Cuando el chalé ya estaba vacío, me acerqué a hurtadillas al maleante revoltoso, quien se estaba afeitando solo una parte de la cara, dentro de una de las suites del tercer piso, y le tomé por sorpresa—haciéndole cosquillas y esposándolo a la vez. Solo para divertirme, ya saben", dijo riéndose. "¡Y así es la cosa!"

Todo el grupo quedó asombrado: la Reina, Memo, Bo y Alevi, los veintiuno de la Loma, Belinha, la Caballería Real y los Lanzadores de Jabalina Reales—hasta los gamberros atados. El primero que respondió de manera audible fue Míjavier, quien le dio al grupo "la indicación" y se puso a gritar junto con ellos en la voz más alta que Alevi había escuchado de sus compañeros hasta ahora, "¡Viva!"

Aunque normalmente era cautelosa en cuanto a gritar cosas en público, la Reina fue la próxima: "¡Viva!"

Después de eso, no se pudo evitar que cada uno de ellos llenara el bosque con los mayores y más gozosos "¡Vivas!" con que el Galifkadori había sido jamás honrado.

131

EPÍLOGO

Ya estaban bien crujientes las hojas echadas por las murallas del Castillo. Los matices del color ambarino, castaño, y amarillo de girasol iluminaban el Pasto Real con un collage de contrastes coloridos mientras Bo y Alevi daban un paseo por su propiedad.

Escuchaban a su Mamá tarareando desde la ventana de la cocina que tenía vista a la balsa, y sabían que dentro de la hora su Papá probablemente estaría de vuelta de una gran caza para urogallo con tío Memo. Bo olía el aroma consolador de la estufa de leña, y Alevi dirigía la vista hacia la Caballeriza Real y miraba a su caballito (sí, el mismo en que había montado con la compañía de la Loma) trotando de regreso a su nuevo hogar.

"Hoy la pasamos muy bien con Míjavier", dijo Bo al pisar unas hojas crujiéndolas descalzado.

"Sí, él fue muy amable haciendo el viaje de la Loma para visitarnos", dijo Alevi, los ojos llenos de las escenas recordadas de la aventura que había realizado algunos meses antes.

"Creo que Whitney nos dijo que pasaría por aquí la próxima semana… ¡Me asombra que no venga toda la cuadrilla a la vez!"

"Creo que a todos les gustaría", dijo Alevi al echar un guijarro a la balsa. "Míjavier dijo que tal vez vienen en diciembre".

Caminaron unos metros más y Bo miró hacia el grupo de pinos gordos al oeste. "¿A Belinha le gustará la nueva casita?"

"¡Ya lo creo!", dijo Alevi. "Con todas las ganancias que agarró al vender aquel jabón famoso, creo que ella va a estar bien cómoda a partir de ahora".

"Es bueno tenerla cerquita. Especialmente ya que no existe una choza extraña por allí".

Alevi y Bo pusieron los pies en la propiedad vecina, ahora fácilmente accesible después de que dos de los pinos más gordos se arrancaron y se convirtieron en la fachada de una cabaña de troncos de dos pisos. Las ventanas eran tan grandes que cualquier persona que se acercara dentro de algunas hectáreas de la "*casinha*" no podía evitar notar cuándo encendía la dueña su chimenea impresionante.

Mientras andaban los Hermanos Reales a la puerta trasera de su Morada Real, Alevi pensó en las fogatas que iluminaban "la Base" por el lago. *Quisiera visitarles pronto*, pensó. *Y ver cómo están. Tal vez traerles una flauta de la tesorería del castillo.*

Al conversar con Míjavier esa tarde, Alevi había escuchado una buena noticia: su Papá acababa de erigir una estatua de dos metros diez centímetros de estatura que se parecía a un héroe que pertenecía al pueblo del lago. Fue en honor de la intrépida demostración de valor de Ubuntu, quien arriesgó su vida desinteresadamente para proteger a sus amigos—hasta aquellos que solo había conocido el día anterior.

"Me alegra mucho que Ubuntu se esté recuperando bien de todas sus heridas de batalla", dijo Alevi. "Lo que él hizo fue absolutamente asombroso".

Bo sonrió de acuerdo. "Definitivamente no podré olvidarlo. ¡Especialmente con su gorro de granada en mi estantería!"

Alevi se rio. "Es bueno que no fuera un tomate después de todo. Las granadas son mucho más ricas, y bonitas también".

"Si yo hubiera sido tío Memo, hubiera lanzado tomates a aquellos gamberros. Además de las toronjas".

"Cualquier fruta está bien para mí. Simplemente me alegro de que el vecino Estuardo ya está entre rejas junto con los demás rufianes".

"Claro… Tengo entendido que hace bastante frío en Siberia".

"Es chévere que Papá pudiera hacer un trato con ese líder extranjero. Tal vez quiera viajar a esa parte del mundo algún día. Se ve muy grande en el mapa".

"Sí, yo también… Pero por ahora, creo que la cocina es suficiente para mí", dijo Bo al comenzar a correr hacia el olor maravilloso que flotaba desde la ventana de la cocina.

"¡Bo! ¡Alevi!" gritó su Mamá. "Su primo Raúl nos hizo un pan de queso otra vez. Nos lo dejó hace unos minutos. Creo que pegará bien con este postre casero que acabo de hacer. Es ganache de uva".

"¡Qué bien!" dijo Bo. "¿Adivina quién tiene hambre de uvas?"

CONOCE AL AUTOR

Mark Miller es aficionado a los idiomas y entusiasta de contar historias. Le da mucha alegría ayudar a personas de todos los ámbitos de la vida a encontrar su voz y a contar su historia—ya sea como escritor fantasma, editor, o traductor.

Galifkadori es la segunda obra de ficción de Mark. *Scotty Go and Other Small Tales* (2019) fue su primera colección de cuentos publicados. Mark también es coautor de un libro de texto, *The 1960s on Film* (2021), junto con el Dr. Jim Willis.

Mark vive en el área del Gran Los Ángeles. Descubre más en www.bookmarkedpages.com.

CONOCE AL ILUSTRADOR

Michael Vallado es ilustrador y diseñador de personajes que vive en el sur de California. A él le encanta crear personajes y mundos que sean vibrantes y llenos de aventura. Cuando Michael no está dibujando, se puede encontrar leyendo a Tolkien, saliendo a caminar, o pasando el rato con su gato.

La primera obra publicada de Michael fue el libro infantil *Hannah and the Lost Jelly Shoe: A True Story of Faith* (2023).

Puedes ver más de las obras de Michael en su sitio web, www.michaellearnsart.com.

Made in the USA
Monee, IL
17 March 2025

13642806R10079